Cuentos Cortos Globalizados

Salvador Tovar Mengíbar

PUKIYARI EDITORES
www.pukiyari.com

*Dedico esta colección de cuentos a Grace,
mi difunta esposa, quien durante sesenta
años consagró su vida entera a darme felicidad,
completa lealtad y un inmenso amor.*

Índice

Bodas de sangre en El Paraíso

—Buenas tardes, señor —saludé con suma cortesía al entrar al recinto único de la secretaría municipal de El Paraíso, una pequeña población rural en Centroamérica.

Al bajarme del autobús, con sorpresa había observado que sus calles eran rectas y a la vez desplegaban a ambos lados una amalgama de caserones viejos hechos de adobes blanqueados, yuxtapuestos a casas pequeñas de ladrillo rojo o gris y chozas humildes con techos de paja y paredes de bahareque. En el centro del pueblo, frente a una plaza en forma de cuadrado atiborrado de malezas secas y flores silvestres, se levantaba el edificio de la alcaldía municipal sobre la avenida Libertad. Al otro lado de la plaza, sobre la avenida Morazán, se alzaba una vieja iglesia de adobes blanqueados. Adheridas a sus lados frontales se levantaban dos torres, una servía de campanario y la otra ostentaba un enorme reloj con números romanos en su mascarilla. En los otros dos lados de la plaza se podían observar casas amplias de gentes pudientes con jardines frontales muy bien cuidados, algunos hasta celosamente podados.

Tres vetustos escritorios de diferentes tamaños y de madera carcomida por el tiempo y el uso diario llenaban prominentemente el recinto, junto con el típico mobiliario de los despachos gubernamentales y el habitual retrato del tirano de turno. Un viejo estante de madera, cubriendo la pared más grande, llegaba hasta el cielo raso, atiborrado de docenas de libros de registro de hojas amarillentas. Un hombre de unos cincuenta años, medio calvo y regordete pero de grato semblante, estaba sentado muy orondo tras el escritorio más grande y de espaldas a la pared. Tras él pendía un enorme pizarrón pintado en azul oscuro atiborrado de notificaciones oficiales fijadas con tachuelas multicolores. Cuatro sillas de madera sin pintar estaban colocadas contra las paredes a uno y otro lado de la puerta de ingreso.

—Pase adelante —me dijo el hombre gordo sin contestar mi saludo—. ¿En qué puedo servirlo? —me preguntó atentamente.

—Mi nombre es Roberto Alarcón Orantes —le dije acercándome al escritorio, después de colocar mi maleta sobre una de las sillas—, y he sido nombrado profesor interino en la Escuela Rural Mixta del Cantón Comacarán —agregué extendiéndole la notificación enviada por el Ministerio de Educación. En ella aparecía una copia del decreto oficial de mi nombramiento.

—Guárdela, señor profesor —contestó él—. Nosotros ya tenemos una copia. Mire, aquí está —explicó dando media vuelta sobre la silla giratoria y apuntándola con su rollizo dedo índice—. Para su información, la hemos catalogado como 5/54-ERM-CC-RAO.

—Y esos números y letras ¿qué significado tienen o para qué sirven? —pregunté, asombrado por el despliegue de eficiencia burocrática. Ciertamente me había sorprendido su innovador sistema de archivo.

—Es un sistema ordenado de referencia —dijo—. Así cuando usted venga por su pago, nos da esos números y nosotros lo encontraremos al instante.

—¡Lo felicito, señor…! —dije exagerando mi entusiasmo porque realmente quería congraciarme con el alto empleado municipal. Necesitaba informaciones que solamente él me podría proporcionar.

—Samuel Oquendo —me respondió—, pero en este pueblo todo el mundo me llama tío Sam. Soy el secretario municipal. ¡Me tiene a sus órdenes! Pero, tome asiento —me ordenó afablemente, señalándome la silla más próxima a su escritorio.

—Pues estoy encantado de conocerlo —le dije mientras le apretaba efusivamente su mano sudorosa y regordeta.

—Póngase cómodo —me recomendó—, para que platiquemos un ratito. Mi ayudante principal se ha tomado el día libre hoy para inspeccionar su sementera y el otro empleado, la mecanógrafa, está dando a luz a un par de gemelos. Así que hoy estoy solo y un poco aburrido…

—¿Y eso por qué? —lo interrumpí extrañado.

—Porque mi sistema de archivar es tan eficiente que nos ha permitido llevar a cabo todas las funciones secretariales en forma tan rápida que nos queda tiempo de sobra —explicó en un tono de voz que parecía mezcla de triunfalismo y hastío.

—Y, dígame, El Paraíso ¿es siempre así... tan, tan tranquilo? —pregunté con genuina curiosidad—. Y Comacarán será igual, supongo yo...

—¡Ah! ¿Usted no ha ido allá todavía?

—No, porque como usted sabrá, el ministerio requiere que nos presentemos a las autoridades del municipio antes de apersonarnos al lugar de trabajo.

—Así es, en efecto —dijo el tío Sam con aire pensativo. Parecía perdido en la maraña de sus pensamientos. Mientras tanto, yo observaba su redondo mentón y sus rosadas mejillas cuidadosamente afeitadas y la enorme panza que no le permitía acercarse al borde del escritorio—. ¿Ya almorzó? —me preguntó de repente.

—No, todavía no —contesté, consultando mi reloj de pulsera. Era ya casi la una y en realidad el estómago comenzaba a pedirme refuerzos—. Tan pronto me bajé del bus vine para acá a reportarme —añadí—, y a preguntar por algún lugar donde llenar la tripa y también donde obtener alojamiento para dos meses.

—Bueno, pues, a tres cuadras de aquí en la salida para Dulce Nombre se encuentra un comedor, se llama El Edén. Pero no voy allí los viernes porque se llena de trabajadores del Ministerio de Obras Públicas que están construyendo la carretera a San Miguel. Ahí vienen a comer y a tomar cerveza y a comentar las incidencias de su empleo. Algunas veces arman zafarranchos violentos cuando están ebrios. Y a mi edad ya no me gusta exponer ni mi vida ni mi salud. Y hoy seguramente estará peor porque es fin de quincena y día de pago.

—Comprendo —dije resignadamente. Y me puse a pensar si debía regresar a la pulpería en cuyo andén se encontraba el terminal de buses. Allí podría comprarme un emparedado de queso y un refresco, o a lo mejor hasta una cerveza para acompañar el almuerzo.

—Si aguanta un ratito el hambre, podríamos ir a Comacarán a comer a la casa de mi novia —dijo levantándose pesadamente de la silla.

—¿Su novia tiene un restaurante? —pregunté.

—No, pero yo almuerzo en su casa dos o tres veces a la semana. A cenar por lo regular casi nunca. Aunque los sábados o domingos almuerzo con toda su familia, bueno *casi* con toda la familia. Mi futura suegra cocina tan sabroso que me casaría con ella si estuviera libre —añadió carcajeándose.

—Y ¿para cuándo es la boda? —me atreví a preguntar.

—Pues, todavía no hemos fijado fecha porque hay algunos *inconvenientes* todavía por resolver —respondió con aire enigmático—. Venga conmigo a la oficina del alcalde, ojalá que esté allí. Se lo voy a presentar —agregó levantándose pesadamente de su silla.

—Con todo gusto —contesté entusiasmado, muy a pesar de mi vacío estomacal.

Afortunadamente para mis tripas, la oficina del burgomaestre se encontraba cerrada. De la perilla de la puerta colgaba un aviso que en grandes letras avisaba: *"ESTOY ALMORZANDO - VUELVO A ESO DE LAS TRES O MÁS TARDE"*.

—Parece que hoy la alcaldía entera se fue de juerga, o están en huelga —dije bromeando—. Bueno, será otro día —añadí, fingiendo resignación.

—O más tarde —dijo el tío Sam.

Luego me tomó por el brazo y me condujo a una brillante pick-up azul del año, estacionada en el patio interior de la alcaldía.

—Y ¿mi maleta? —exclamé preocupado—. ¡Ah, carajo, la dejé en su oficina!

—No se preocupe, profe. No corre ningún peligro a menos que guarde en ella algunos fajos de billetes de a mil pesos —dijo el tío Sam guasonamente.

—Los salarios de los maestros —dije en tono de burla y queja—, el mismo día de pago se nos esfuman de las manos.

—No se queje tanto, mi profesor —me dijo seriamente—, que por lo menos está trabajando y percibiendo un salario. Y aunque son muy bajos, muchos lo quisieran recibir.

No le contesté porque en cierto modo tenía razón. Salimos a la calle y tomamos la ruta del bus, pero en reversa. Al constatar que pasaríamos frente la pulpería tuve la noble idea de comprarme un par de litros de cerveza para no llegar a comer con las manos vacías.

—¿Podría parar en la pulpería de la esquina para comprar unas cervezas para llevárselas a su futura suegra? —pregunté.

—No hace falta —me dijo secamente.

—Es que me apenaría mucho llegar a comer sin llevarles algo para la mesa —argumenté con la esperanza de que mi razonamiento lo convenciera.

—Ya le dije que no hace falta —me dijo amablemente—. Usted es mi invitado —agregó—, y además mi suegra tiene un enorme refrigerador que yo le regalé en las Navidades y en ella *guardamos* un par de docenas de cervezas del país e importadas.

Su conducta tan generosa me pareció un poco inusitada pero no queriendo morder una mano tan bondadosa preferí callar o cambiar de tema.

—Parece que en este pueblo no les ha llovido últimamente —dije tratando de evitar comentarios escabrosos e inútiles, mientras me desabrochaba los dos botones superiores de la camisa. Los árboles se veían de color mustio y sus hojas mecidas por el viento lucían secas o marchitándose. El vidrio de las ventanas nos defendía de la polvareda de la carretera de tierra suelta pero no del calor hostigante del mediodía. No me atreví a preguntarle si la volqueta tenía aire acondicionado. Adivinando tal vez mis pensamientos, o quizá observando mi gesto silencioso, el tío Sam apretó un botón y una marejada de aire fresco inundó la cabina.

—¿Está mejor así? —preguntó ufanándose.

—¡Claro, don Samuel, muchas gracias! —dije agradecido hasta el tuétano—. Es usted una persona tan amable que espero nos llevaremos muy bien —agregué convencido de mis sentimientos. El secretario no hizo comentario a mi futura expectativa, quedándose callado como si estuviera planeando decirme algo importante.

—¿Sabe usted bailar? —preguntó de repente.

—¿Además de los ojos? —pregunté riéndome burlón.

—No, en serio, ¿sabe usted bailar? —inquirió de nuevo.

—Sí, claro. Sé bailar bolero, guaracha, valses, cumbias, charleston y hasta el ritmo caliente del mambo. Y ¿por qué me lo pregunta? —indagué curioso.

—Porque mi novia cumplirá años dentro de un mes y estamos planeando agasajarla por ese motivo con una fiesta de sorpresa. Pero yo no sé bailar y por eso necesito alguien que sea de mi confianza que me remplace en la pista de baile.

—Y ¿cuántos cumple su Dulcinea? —pregunté pensando que me diría por lo menos unos veinticinco o treinta años.

—Dieciocho —fue al punto el enamorado, aunque se veía que su mente estaba en otra cosa.

—¿Estará estudiando todavía? —pregunté, aunque realmente hubiera preferido manifestarle mi extrañeza por su romance entre edades tan desiguales. Al fin y al cabo, no sabía la edad del tío Sam y no era de mi incumbencia saberlo o preguntárselo.

—Sí, señor está en el último año de secundaria —respondió—. Y nunca se le ha hecho un festejo de cumpleaños porque su familia es pobre y en la vida han tenido los medios. Para colmo de males, tienen seis muchachos —agregó en tono de conmiseración.

—¿Dónde estudia su prometida? Porque supongo que en una aldea como Comacarán no hay escuelas de secundaria —dije.

—¡Por supuesto que no! *Alejandrita* estudia en el Liceo María Auxiliadora de San Miguel. Allí está interna —contestó altivo.

—Y ¿cómo hacen sus padres para pagar su educación en una institución tan costosa? O ¿se ganó alguna beca?

Mis temores se confirmaron con la siguiente respuesta.

—No la pagan ellos; yo la estoy costeando —dijo muy ufano.

—Y ¿se piensa casar con la joven tan pronto se gradúe o le va a costear también los estudios universitarios?

—Todavía no sé si quiera estudiar una carrera profesional. Hasta ahora no me lo ha dicho. Pero si todo sale *como yo quiero* no tendré reparo en apoyarla. Pero todas esas decisiones, al fin y al cabo, las deberán tomar sus padres y ella, por supuesto.

—Pues es muy generoso de su parte —dije hipócritamente en lugar de señalarle que a mi juicio él estaba aprovechándose de la situación económica de la familia para llevarse a la cama una pollita apenas salida del cascarón.

—¿Usted realmente lo cree así? —preguntó dubitativo—. Porque hay muchas… personas que me reprochan con vehemencia por lo que estoy haciendo. Entre ellas están mis dos hermanas mayores —agregó con voz un poco resentida.

—Bueno —dije calculando mis palabras con absoluta frialdad. No quería darme un encontronazo el primer día en el pueblo—, en esas cosas no me compete a mí juzgar a nadie. Siempre y cuando la joven esté totalmente decidida a casarse con usted, don Samuel, ¿qué podría yo decirle a favor o en contra? —añadí en tono filosófico.

Me apenaba el hecho de que, aunque el tío Sam pareciera decididamente enamorado, era muy probable que Alejandra no lo estuviera y fuera presionada por sus padres, quienes veían en el futuro yerno el pasaporte a la salvación económica. En cualquier idioma o en cualquier lugar, ello equivaldría a *prostituir* a su hija, pensé. Pero callé, quizá por discreción, tal vez por conveniencia o quién sabe por cobardía.

—Usted se ve demasiado joven, ¿cuántos años tiene? Si no le molesta...

—Acabo de cumplir veinticuatro. Y este es mi segundo año en el magisterio. Por ahora tengo que aguantarme haciendo interinatos o relevando a las embarazadas para lograr experiencia y un puesto fijo. Pero como usted sabe, mi salario en estos dos meses será más jugoso porque doña Carlota ya cumplió quince años en el magisterio.

Mi anfitrión no hizo comentario alguno. Luego que entramos a un más que modesto caserío nos detuvimos frente a una casa de ladrillo rojo que parecía encontrarse en la etapa final de su construcción. Se veían una variedad de maderas y ladrillos, así como desperdicios de construcción desparramados sobre el patio frontal y los andenes. El edificio contrastaba enormemente con el aspecto de pobreza que las chozas circunvecinas demostraban.

—Ya casi está terminada —dijo señalándola con la nariz—. Solamente le faltan los baldosines de dos de las cuatro alcobas —añadió apagando el motor—, porque no las pudimos conseguir en San Miguel. Pero ya las ordené a la capital.

Tocó el claxon dos veces. Al momento apareció en la puerta una joven escuálida, cuya palidez acentuaba su atuendo negro y humilde que le cubría hasta los pies. Un bebé desnudo iba montado a horcajadas sobre la cintura maternal.

—¿Está la señora? —preguntó el secretario a secas.

—Sí, señor —dijo ella solícita—. Pero en este momento está bañando al niño Juanchito porque vino de la escuela con la ropa y el cuerpo llenos de jugo de mango. Parece que él y sus compañeros decidieron hacerse la guerra con mangos maduros.

—¡Ay, qué muchachos estos! —exclamó el secretario sonriendo—. Mire, profesor, esta señora es doña Balbina Cienfuegos. Como quedó viuda hace poco y con un hijo recién nacido, pues le hemos dado trabajo para que se ayude a sí misma y la vez le dé una manita a doña Sofía, mi suegra, en los quehaceres de la casa. Este caballero es el nuevo profesor interino —dijo a manera de presentación.

—Mucho gusto de conocerla —contesté—, Pero déjeme darle mi pésame por la pérdida de su esposo —agregué piadosamente extendiendo la mano. Ella mantuvo la suya cerrada contra la barriguita inflada del niño.

—El gusto es mío —formuló con timidez—. No le doy mi mano porque la tengo llena de grasa y jabón —se disculpó—. Pasen adelante, señores —siguió con un dejo en su voz que imitaba una especie de súplica y se hizo a un lado de la puerta.

El interior de la casa se notaba amplio y cómodo, aunque sólo tenía un sofá al fondo de la estancia. La carencia de los muebles habituales la hacía aparecer incluso más grande. Sala y comedor olían a polvo de cal y cemento. Nos sentamos ambos en el único mueble disponible, un espantajo de sofá que de seguro había conocido tiempos mejores, a lo mejor en la residencia del tío Sam. Éste se levantó de repente y después de encender un enorme abanico que pendía del cielo raso, se dirigió a un voluminoso refrigerador colocado a la entrada de la cocina.

—¿Prefiere una cerveza nacional o una alemana? —me preguntó.

—Como nunca la he probado —dije tímidamente—, preferiría una alemana.

—¿Negra o pálida? Le recomiendo la negra o *dunkel* como se dice en alemán.

—¡La que usted prefiera, don Samuel! —respondí indeciso. Me pareció escuchar un ronroneo como de un motor lejano, pero supuse que eran mis oídos los que empezaban a sufrir los efectos del mismo agravante tinnitus que angustiaba a mi madre.

—¡Por favor, llámeme, *tío. Sam*, como me llamaba mi sobrino y ahora lo hace el resto del municipio! Se preguntará seguramente —agregó—, si también estoy costeando la construcción de esta casa. Y la respuesta es afirmativa. Comprenderá que mi voluntario compromiso con esta familia me obliga a proveerles ciertas comodidades. Don Ignacio Salvador, mi futuro suegro, no puede sufragarlo porque él se desempeña como jornalero en las siembras de los alrededores. Yo ya le he ofrecido trabajo en la alcaldía como asistente de planta —explicó fastidiado—, pero él lo rehúsa porque dice que no puede ni leer ni escribir y se niega a aprender aduciendo que ya está muy viejo para eso.

La futura suegra se apareció de repente con un niño de unos siete años, descalzo y envuelto en una toalla. Ella, un poco gorda, tenía un aspecto jovial.

—Ay, perdóneme tío Sam, por no atenderlo inmediatamente —dijo con aire sumiso.

—No tiene importancia, doña Sofía —dijo el futuro yerno con voz comprensiva.

—Este joven —agregó señalándome—, es don Roberto Alarcón, es profesor y ha venido a reemplazar a doña Carlota Ríos durante su embarazo y yo lo he invitado a que almuerce con nosotros. Espero que no tenga ningún inconveniente…

—Encantada de conocerlo, señor profesor —dijo ella dándome la mano—. Por supuesto que no hay inconveniente —añadió—, sólo que tendrán que esperar por allí una hora, más o menos. Mientras tanto les puedo ofrecer unos pasabocas de las latas de embutidos que usted nos trajo la semana pasada y que aún no hemos tocado.

El almuerzo estuvo verdaderamente delicioso especialmente porque las tres *dunkels* habían abierto de par en par las compuertas de mi apetito. Después de felicitar a doña Sofía por sus habilidades culinarias quise decirle con sinceridad que tenía unos ojos muy bonitos que los sufrimientos de criar una abultada familia y las vicisitudes de la pobreza no habían apagado todavía. Prudente, sin embargo, callé mi bien intencionado elogio.

Tomamos el camino del retorno, no sin dejar de pasar frente a la escuelita donde yo tendría que comparecer el lunes siguiente.

—¿Cómo es que la casa de su novia tiene electricidad y no he visto postes que soporten los cables? —pregunté extrañado.

—Porque yo les he comprado un generador a gasolina para proveerles electricidad durante el día y las primeras horas de la noche —me respondió. Me abstuve de hacer comentarios sobre su increíble generosidad, manteniéndome vigilante de la ruta por donde tendría que caminar todos los días por los próximos dos meses pues el bus me dejaría a dos kilómetros de Comacarán. Al regresar a la alcaldía el tío Sam me llevó directamente a la oficina del alcalde.

—Patricio Buenavista, ¡a sus distinguidas órdenes! —saludó el funcionario, tendiéndome la mano con aire de premura—. Espero que en estos dos meses de su interinato usted vendrá a visitarnos de vez en cuando —agregó—, para que nos demos unas charladitas y a lo mejor nos refresquemos con un par de cervezas.

—Mil gracias por su invitación. Así lo haré tan pronto pueda —prometí.

—Ahora me van a disculpar, señores, pero es que tengo que viajar a San Miguel —nos explicó con apuro—. Mi hijo, Patricio, tiene algunos problemas en el Liceo Marista y tengo que ir a resolverlos cuanto antes.

Camino a la secretaría, el tío Sam me ofreció alojarme en su casa y a la vez proveerme desayuno y cena por un precio módico que yo acepté.

—Mis hermanas son ambas solteras —me explicó—. Bueno, en verdad la mayor, Caridad, es viuda y Esperanza es la soltera. Y vivimos en la casa que nos legaron nuestros padres. Esperanza tuvo un hijo fuera de matrimonio, al que bautizamos con el nombre de Carlos. Yo adoraba ese muchacho como si hubiera sido mi propio vástago. Y fue él quien me bautizó como *el tío Sam*. A los quince años se fue a pasear a un balneario con Patricio, el hijo del alcalde, y otros amigos de su misma edad. Allá se emborracharon y se vieron envueltos en una violenta trifulca en la que mi sobrino fue baleado mortalmente. Desde entonces, *Patrick*, como lo llamamos todos en el pueblo, no es bien recibido en nuestra casa, por lo menos por la madre de Carlos y por su tía. Yo no le guardo inquina porque yo recuerdo mis años juveniles cuando tuve muchos encontrones con mis coetáneos. Las malas lenguas dicen que Patrick es sumamente arrogante, altanero, violento y en extremo voluntarioso.

—¿Usted nunca se casó? —pregunté indiscretamente.

—¡No, nunca! Aunque estuve a punto de hacerlo tres o cuatro veces, entre los veinticinco y los treinta años. Mis novias siempre les cayeron mal a mis hermanas. Nunca hubo una que llenara los caprichosos requisitos que ellas imponían. Y yo, obediente estúpido, me deshacía de mis enamoradas para no perturbar la paz familiar. Por eso ahora, a los cincuenta y seis años, estoy decidido a casarme con Alejandra Salvador; ¡así no lo quiera ni Dios mismo! —dijo titubeante y se santiguó fervorosamente, tal vez para disimular o implorar perdón por su blasfemia.

—Comprendo muy bien su soledad y su desesperación —le dije—, pero ¿por qué casarse a esta edad con una jovencita que apenas empieza a vivir y que bien podría ser su nieta? ¿Por qué no buscar una mujer de mayor edad, por allí de unos treinta a cuarenta años? Además, ¿está usted seguro que Alejandra lo quiere como usted la quiere a ella? —comenté valientemente, aun temiendo que por mi exabrupto se negara a proporcionarme techo y comida como lo había prometido.

El secretario no contestó mis preguntas y por largo rato se mantuvo silencioso y pensativo. Al llegar a su casa me presentó a sus hermanas ya jamonas. Ambas trabajaban como maestras en El Paraíso; Esperanza en la escuela de varones y Caridad en la de niñas. La más joven tenía ojitos todavía pizpiretos y sonreía con evidente picardía de joven apasionada. Eso me hizo comprender al instante su caída pecaminosa antes de llegar al altar. La mayor, por el contrario, tenía una mirada adusta e imperiosa que se suavizó cuando me empezó a conocer mejor. Eran, sin lugar a duda, personas agradabilísimas y nos llevamos muy bien. Mi trato con ellas al principio de mi estadía fue muy limitado porque yo me levantaba y desayunaba más temprano que ellas y por la noche cenaba en mi cuarto mientras preparaba mis clases del día siguiente o calificaba las tareas y los exámenes de mis alumnos. Con el tío Sam nos veíamos casi todos los días, o más bien dicho: todas las tardes. Junto con el sargento de la guardia nacional y sus dos subalternos discutíamos los menesteres de la política o los acostumbrados chismes del pueblo, muy a menudo mientras brindábamos con sendas cervezas o botellas de aguardiente.

En la noche del segundo sábado llegué a mi posada pasada la medianoche. Me extrañó sobremanera que la casa estuviera completamente a oscuras. Moví con desesperación los interruptores, pero las sombras no se disiparon. No queriendo aparecer indiscreto y quejoso comencé a desnudarme en las tinieblas de mi cuarto que una luna llena se empeñaba en disminuir. Me incomodó escuchar un leve ruido sobre mi cama.

—¿Está alguien aquí? —indagué a media voz. Para entonces ya había percibido un aroma grato pero desconocido, algo así como un perfume de mujer. *¿Será Ester?*, me pregunté porque en una ocasión la pillé oliendo lenta y largamente mi ropa interior antes de lavarla y algunas veces al servirme las comidas arrimaba con disimulo su muslo o su rodilla contra la mía. Porque no podía creer que las hermanitas Oquendo, siempre tan recatadas, religiosamente vestidas, y con aires de santurronas empedernidas se hubieran convertido en libidinosas de la noche a la mañana.

—Soy yo, Esperancita —me dijo con voz azucarada—. ¡Acuéstese, tontito, que no le va a pasar nada malo! —me riñó con picardía. Su mano enseguida se posó sobre mi nuca y suavemente me haló hacia ella, obligándome a reclinarme. Luego su boca húmeda buscó afanosamente la mía y cuando la encontró me plantó un ardiente y prolongado beso que me dejo sin aliento. Mientras me besaba, buscaba febrilmente la *Torrecita de Pisa* que se levantaba impaciente sobre mi parque de diversiones y que, para su infortunio, estaba todavía cubierta por mi ropa interior.

—¿No teme que nos pueden oír, Esperanza? —le pregunté tan pronto pude despegarme de sus labios lúbricos.

—No, mi Robertito —replicó temblorosa de pasión—. Estamos íngrimos solos. ¡Por fin! Todos, incluyendo Ester, pertenecemos a la Cofradía de las Hijas de María y mi hermano las llevó a un Congreso

Mariano que empieza mañana en la capital. Felizmente para *mí* y para ti, no regresan… ¡hasta el martes! —añadió con una risilla infantil de loca satisfacción.

—Y usted, ¿qué excusa les dio para no acompañarlos?

—Me quejé de jaqueca y me quedé. Creo que mi hermana sospechó al instante de mis verdaderas razones, pero, por obvios motivos, las calló.

—¿Y por qué no tenemos luz? —pregunté, mientras terminaba de desvestirme.

—¡Tontito! —dijo cariñosa—, ¿para qué queremos luz, si Dios nos dio dos manos que pueden ver y sentir en la oscuridad?

—Parece que usted se sabe todas las respuestas —dije riéndome.

—¡Pues, claro! Pero hacía tanto tiempo que nadie me hacía las preguntas —se quejó montándose febril e insinuante sobre mi cuerpo. No voy a pecar de crudo mojigato diciendo que me resistí a su ardiente pasión. Al contrario, me alegró muchísimo volver a tener comunión carnal pues ya me había hecho mucha falta no haberla disfrutado en varias semanas.

Nos entregamos desenfrenadamente al goce sexual en completo abandono y sin reparos. Paulatinamente la llama de nuestros deseos se fue apagando entre largos suspiros hasta que nos quedamos dormidos. A la mañana siguiente Esperanza se levantó muy temprano y me sorprendió con un vaso de refrescante jugo de naranja extraído por ella misma. Lo bebí sin dejar de contemplar su cuerpo completamente desnudo. Fingiendo repentino pudor, con un brazo cubrió sus pezones mientras con la mano tapó su hirsuto y canoso pubis. Yo me carcajeé de su mojigatería.

—¿Se está burlando, su señoría, de la fealdad de mi cuerpo enjuto y envejecido? —preguntó quejándose guasonamente.

—Al contrario —le dije—, me estoy riendo de tu bobería. ¿Para qué me escondes ese lindo paisaje si yo ya lo tengo recorrido? —le pregunté lisonjero.

—¡Pícaro! ¡Pícaro! —me riñó, plantándome un beso en la frente mientras sus abultados senos, firmes aún, pendían sobre mis mejillas. Yo, libidinoso, le atrapé con mis labios el pezón más cercano y ella al instante se encendió de nuevo. Para apagar esa envolvente llamarada de excitación volvimos a hacernos el amor varias veces y cada vez más apasionadamente que en la noche anterior.

Ella, como recompensa, me brindó un opíparo desayuno que yo consumí con hambre canina.

—Cuando le cuente a Caridad lo brioso, delicioso y viril que usted es —me dijo mientras comíamos—, ella querrá probarlo también.

—Perdón, tal vez oí mal —le dije extrañado—. ¿Está diciendo que ustedes dos comparten sus hombres… sus amoríos y sus experiencias? —pregunté incrédulo.

—Efectivamente —me dijo y agregó—: Y lo hemos hecho todas y cada una de las ocasiones que se presentaron desde que cumplimos los quince años. Nuestros padres siempre daban albergue a todos los maestros que venían a hacer interinatos sin importar su sexo. Claro que cuando era un varón, nos alegrábamos inmensamente ya que, por lo general, siempre eran tan jóvenes como usted. Y nos hacíamos añicos apostando quién sería la primera en compartir su cama.

—Y cuando su hermana se casó, ¿usted conoció, es decir, *en el sentido bíblico,* también a su cuñado… marido de su hermana?

—Por supuesto y papá me pilló en la cama con él. Ambos tratamos de explicarle que lo hacíamos con el consentimiento de Caridad. Pero él no nos creyó ni tampoco le quiso preguntar a Caridad sobre algo que a él le parecía tan sucio, como nos dijo. Lo echó de la casa y al poco tiempo murió en un accidente. Carlos nació de esa relación, pero yo nunca admití que era hijo de mi cuñado. Y papá tampoco. Mi hermana lo suponía, sin embargo.

—Y don Samuel ¿está enterado de las *andanzas* pecaminosas de sus dos hermanitas?

—Probablemente no, porque él siempre nos trae a menudo *carne fresca* y nunca nos ha insinuado que está enterado de nuestras deliciosas fechorías. No me extrañaría, sin embargo, que él callara, aunque supiera la verdad porque él tiene cola que pisar. Aunque ahora está empecinado en casarse con una linda campesinita. Descaradamente nos ha confesado que le está pagando un colegio caro en San Miguel. ¿No me diga que no se lo ha mencionado, todavía?

—No, no lo recuerdo —mentí a propósito.

—Nosotras hemos tratado de aconsejarlo para que no cometa ese disparate, pero se ha vuelto de nuevo de oídos sordos.

—Ya veo —dije, convencido de su sinceridad—. Pero si usted es *Esperanza* y su hermana, *Caridad.* ¿Dónde está *Fe*? —pregunté pícaramente.

—No entiendo —dijo ella.

—Se trata de un delicioso chascarrillo —dije yo—. ¿Gustaría que se lo cuente?

—¡Por supuesto! Pero con tal de que no sea ni obsceno ni pecaminoso —exclamó cínicamente, fingiendo pudor.

—No, no lo es —le prometí—. Un forastero tocó a la puerta de la casa cural. Al salir el sacerdote, le preguntó con cara compungida: «¿Podría usted ayudarme, padre?». «¿Qué clase de ayuda buscas, hijo mío?», preguntó el santo varón. «Padre, ando en busca de *fe, esperanza* y *caridad*…». «Lo siento mucho», dijo el sacerdote, «pero esas *putas* ya no viven en este pueblo. Lo que sí, las puedes encontrar en San Miguel».

Esperanza rio bulliciosamente.

Nos pasamos los dos días con sus respectivas noches en un coito continuo. Esa mujer era insaciable. Y yo me preguntaba en silencio si la otra *Hija de María* era tan ardiente, fogosa y exigente como su hermana mayor. No me atreví a preguntarle si se meterían las dos a la cama conmigo en un suculento *ménage à trois*. Aunque no dudé que lo harían…

Pasaron los días y, efectivamente, las dos comenzaron a aparecerse en mi cama todas las noches hasta que tuve que decirles que me estaban creando un hábito que no podría satisfacer cuando me marchara. Ellas comprendieron y comenzaron a turnarse. Faltando unos cuatro días para regresarme a la capital a esperar un nuevo nombramiento, Ester se les adelantó. Yo accedí, pero con la única condición que se los haría saber a mis otras dos concubinas. Las tres accedieron.

A un mes de mi llegada, Fermín uno de mis alumnos del quinto grado y hermano de Alejandra

Salvador, me anunció que su hermanita llegaba a Comacarán en el bus del mediodía para una corta visita familiar. Me pregunté si sería prudente tratar de conocer a la chiquilla antes de que el valiente novio me la presentara. No pude resistir mi urgente curiosidad. Me inventé un pretexto en ese mismo instante, aunque realmente era una excusa válida.

—Fermín —le dije con toda seriedad—, tengo que hablar con tu papá porque verdaderamente no estás rindiendo lo que tú puedes.

—Es que lo que pasa, profe —me dijo muy compungido—, es que mi amá me pone a ayudar a los albañiles en la obra, dizque para que terminen más rápido. Cuando los obreros se van, ya estoy muy cansado para hacer las tareas de la escuela, así como usted las quiere.

—Comprendo. Aun así, tengo que hablar con tu papá, preferiblemente esta tarde —dije con maña, pues sabía que don Ignacio no volvería a su casa hasta cerca de las seis. Así que tendría tiempo suficiente para darme una charladita con la flamante novia del tío Sam y enterarme cuán enamorada estaba de mi amigo y benefactor.

Caminando juntos, Fermín y yo comenzamos a hablar sobre variados temas y terminé preguntándole qué planes tenía para su futuro después de terminar su educación primaria.

—Pues, meramente no sé, profe —respondió el mozuelo—. Tengo muchas ganas de irme al cuartel antes de que vengan a reclutarme a la fuerza. Me han dicho varios amigos que como voluntario me podrían poner en la escuela de mecánica. Así, al darme de baja me iría a trabajar a San Miguel en un taller. Pero eso sí, quiero terminar la escuela primaria primero. Y para eso todavía me queda año y medio. ¿Y usté ya conoce a mi hermana Alejandra? —me preguntó de repente.

—No, no he tenido el gusto —dije, tratando de no darle mayor importancia al asunto—. Lo único que sé es que estudia interna en San Miguel —agregué desinteresado.

—¡Tiene suerte la mugrosa! —dijo y se agachó a recoger una piedra que luego arrojó contra un perro vagabundo que pasaba frente a nosotros. Me pregunté si su agresividad contra el emaciado e inocente animal era fruto del rencor causado por la envidia. No hablamos más porque un grupo de sus compañeros nos alcanzaron en ese instante y lo invitaron a un partido de *futbolito*, un juego idéntico al fútbol, pero jugado con una pelota hecha de calcetines viejos rellenos de trapos desechados.

Como era viernes no le reñí por no dirigirse inmediatamente a su casa. Al golpear con el aldabón, una hermosa joven de cabellos dorados y ensortijados abrió la puerta. Vestía mahones descoloridos y una blusa blanca de algodón.

—¿Qué desea? —me preguntó secamente.

—Me gustaría hablar con don Ignacio —le dije, tratando de mitigar mi asombro por su inusitada belleza y su semblante de inocencia angelical. No quise decirle que sabía su nombre. Su vestimenta limpia y sencilla contrastaba con su presencia altiva pero inocente y deliciosa—. Soy el profesor Alarcón y Fermín es mi alumno —añadí.

—Pase adelante —me dijo afable—. Mamá pronto estará por llegar porque fue a recoger a mis hermanitos menores al jardín infantil. Y papá está trabajando en la finca de don Patricio Buenavista. Él llegará hasta por la noche —dijo explicando la situación.

—En ese caso mejor vengo mañana —contesté y expliqué dolosamente—: Porque supongo que sus padres se molestarán por entrar a su casa cuando ambos están ausentes.

—¿Y por qué va a ser así, profesor? Siendo usted el maestro de mi hermano es como si fuera parte de la familia —razonó ella y sonrió con aire triunfal. Sus rosadas mejillas se encendieron aún más mientras abría la puerta de par en par.

Me extrañó ver la sala completamente amoblada como si se tratase de la casa de una familia pudiente. *Seguro que es obra del tío Sam*, me dije.

—Por favor, siéntese —insistió Alejandra y así podemos charlar un poquito dijo acomodándose en una elegante silla de fina madera—. Hace tanto tiempo que no hablo con nadie que no sean mis compañeras o las monjitas del colegio —añadió.

Era evidente que la educación recibida la había hecho capaz de mantener una charla muy amena e interesante. Su lenguaje culto y apropiado indicaba que aprovechaba las enseñanzas y las lecturas al máximo pues nadie aprende a hablar correctamente sino por la lectura asidua y variada. Yo me quedé observándola, hechizado por su simpatía irresistible, por su exótica donosura y hermosura física. *Más que muchas princesas, princesa parecía*, me dije en silencio, recordando el famoso poema *Ave María* del bardo mejicano Amado Nervo. Sus ojos, verdes y claros también, me recordaron los de su progenitora. No pude resistirme a la tentación de elogiar indirectamente la belleza de sus ojos.

—Siempre que veo a su madre cuando viene a la escuela por sus niños —dije valientemente, aunque ruborizándome—, me quedo pasmado ante la hermosura del color verde de sus ojos. Ahora me doy cuenta de que son idénticos a los tuyos.

—Entonces usted es también profesor de *piropología* medieval —dijo riéndose—. ¡Qué lástima que esa ciencia no esté incluida en el currículo del liceo!

Yo me reí de lo lindo.

—Tienes un delicioso sentido del humor y eres muy agradable —le dije tratando de mantener nuestra conversación alejada de temas tabú—. Pero, dime, Alejandrita, ¿cómo te va en el liceo? —le pregunté fingiendo interés en su respuesta.

—Muy bien —diría yo—. Sin embargo, estoy ansiosa por que llegue noviembre para poder graduarme y luego irme a trabajar a la capital para ayudar a mis padres con la educación de mis cuatro hermanos.

—¿A trabajar? ¿Y haciendo qué? —pregunté intrigado. Era evidente que su *viejo* enamorado ignoraba esos planes subversivos. Me extrañó que no mencionara el tema del casamiento que volvía loco al tío Sam.

—En el último año se nos permite tomar cursos prácticos —dijo—, en diferentes áreas de empleo. Yo estoy de hecho estudiando contabilidad, mecanografía, taquigrafía e inglés porque sueño con obtener un puesto de secretaria en alguna empresa.

—Te felicito por esa actitud ciertamente muy loable —le dije y luego añadí—: y ¿no piensas en una carrera universitaria? Sería en la universidad nacional, por supuesto, porque allí la matrícula es razonable y sus diplomas gozan de mucho prestigio académico.

—También lo he pensado —dijo con aire de tristeza—, pero eso será más adelante. Por ahora, obtener empleo es mi primera meta. Una vez Fermín ya haya conseguido trabajo y me ayude con la familia, podré considerar seriamente esa posibilidad —añadió con un prolongado suspiro.

—Y ¿qué piensa tu novio? O ¿es que no tienes novio todavía? —pregunté guiñándole el ojo y fingiendo ignorar las pretensiones románticas que albergaba el corazón del gordito.

—Pues, por ahí anda un chiquillo loco acosándome cada vez que vengo de visita y también me manda cartas al liceo que no me dejan ver porque, según la monja que las lee, usa lenguaje vulgar y obsceno. La monja encargada de disciplina me informa que las queman y por esa razón no pueden entregármelas —dijo en tono quejumbroso—. Pero, en todo caso, yo no siento nada por él —agregó decididamente—. Primero, porque no me agrada su acoso impertinente y su absurda vehemencia; y segundo, porque es un niño mimado y muy caprichoso al que su padre no le niega nada y le da todo lo que pide. El majadero se ha atrevido a decirme que las mujeres somos *muñecas* para divertirse y luego echarlas al zafacón. Además, es muy violento y ya mi papá le dijo que, por favor, no me busque más porque yo no quiero nada con él. Lo peor del caso es que su familia es una de las más pudientes de El Paraíso y tiene muchos parientes en altos puestos del Gobierno nacional.

Sofía llegó en ese instante con cuatro muchachos a la zaga. Los dos mayores iban moqueando llorosos.

—Perdone, profesor, que Alejandrita no le haya ofrecido algo de beber —dijo mientras empujaba a los niños hacia las alcobas—. ¡Esperen, que ya vamos a hablar, jovencitos! —sentenció.

Yo me puse de pie y me despedí apresuradamente de la madre y de la hija para no perder el bus que me recogía en la carretera hacia El Paraíso a las cinco en punto; no sin antes dejarle razón al padre que me gustaría hablar con él sobre su hijo Fermín. Mientras esperaba mi transporte me puse a cavilar sobre Alejandra. Me sorprendió su carácter firme y sus nobles propósitos y el hecho claro de que no hubiera mencionado su presunta relación romántica con Samuel Oquendo. *¿Era ese uno de los inconvenientes que tendrían que resolverse antes de fijar la fecha de la boda?*, me pregunté; y me pregunté también *¿qué le habrían dicho sus padres sobre la hermosa casa que el pretendiente construyó para la familia?*

Al llegar a la residencia de los Oquendo, me encontré con el tío Sam en la sala con una cerveza en la mano. Escuchaba por la radio la narración de un partido de fútbol que se estaba jugando en la capital. El equipo, campeón nacional, estaba perdiendo dos-a-cero con el peor de los rivales y el secretario estaba echando furibundas chispas por la derrota inminente de su favorito pues apenas faltaba un cuarto de hora para terminar el encuentro deportivo.

—Quiero hablar con usted, don Roberto —me dijo—, pero puedo esperar a que termine el partido.

—Aprovecharé para darme una ducha antes de cenar —le respondí—. Después me iré a jugar cartas con mis amigos, los guardias nacionales.

Al regresar al comedor ya la hecatombe había concluido y mi anfitrión continuaba disgustado por el desafortunado desenlace deportivo y financiero.

—¡Perdí quinientos pesos en una apuesta simplemente porque esos desgraciados no pudieron meter un infeliz gol! —me dijo en tono agraviado.

—En el juego y en el amor, señor mío —le repliqué—, hay que arriesgarse a ganar o a perder; y aceptar la derrota es un gesto noble y digno.

—¡Cómo se ve que usted nunca apuesta! —me dijo riéndose, luego agregó—: Pero esta pérdida no me duele tanto porque mañana iré con mi corazón en la mano a celebrarle el cumpleaños a mi Alejandrita. Usted ya me prometió acompañarme y bailar con ella. Le cuento que contraté un orquestonón de mariachis que vendrán de San Miguel para darle mayor vida al jolgorio.

—No recuerdo habérselo prometido —dije— pero ciertamente lo acompañaré. A propósito —le informé, diciendo casualmente—: hoy conocí a su Dulcinea.

—Y ¿cómo le pareció? Preciosa, ¿no es cierto? —me preguntó entusiasmadísimo.

—¡Sí, ciertamente preciosa! —le dije, pero no tuve ni el valor ni la decencia de decirle que, para Alejandra, él era un cero a la izquierda.

—Lo felicito —le dije hipócritamente—, por su gusto exquisito en seleccionar sus hembras.

Quise reír, pero también llorar por él. Por él, que me había tendido una mano amiga, aunque con intención egoísta. Por su ingenuidad, tan insólita en un hombre de su edad y condición. *Estoy seguro de que este pobre hombre va a morir virgen*, me dije, tratando de masticar el alimento que me supo a piedras machacadas e insípidas. No quise confesarle que se me había quitado el apetito, pero me pregunté si lo había causado el hecho muy probable de que Alejandra se casaría con don Samuel. *¿Estoy enamorado ya de esa chiquilla?*, me pregunté en silencio. Ciertamente, ella me había fascinado, pero también estaba consciente de mis irreductibles limitaciones. ¿Qué podría ofrecerle yo que no fuera la miseria misma en la que ya se desenvolvía? *Alarconcito,* me dije tristón y resignado, *ese boccato di cardinale no es para tus pobres mandíbulas. Mañana cuando bailes con ella te comportarás ¡tal como el tío Sam lo espera!* Y así lo haré, me prometí, en virtud de la amistad con mi anfitrión y además porque yo consideraba que el viejo, a pesar de su avanzada edad, también tenía derecho a buscar su felicidad en los brazos de tan deliciosa criatura.

—¿A qué horas hay que llegar a la fiesta? —pregunté fríamente.

—A las siete —me respondió alegre—. Yo tengo que irme por la mañana, pero vendré a recogerlo a eso de las seis y media —agregó—. Quiero estar presente temprano para cuando llegue el equipo de limpieza, arreglo y decoración del patio, los que traen la comida y la bebida para la pachanga.

—¿De qué pachanga estás hablando? —preguntó Esperanza entrando al comedor.

—De una fiesta de cumpleaños que le voy a ofrecer a mi bella prometida —dijo el hermano con voz desafiante y sin ambages.

—¿No me digas que sigues empecinado en casarte con esa mocosa campesina? —preguntó Caridad que venía entrando a la zaga de la hermana.

—Efectivamente, queridas hermanas, sigo profundamente enamoradísimo de Alejandrita Salvador y *nadie* ni *nada* me impedirá que me case con ella tan pronto se gradúe —afirmó decididamente el secretario—. ¡Y les ruego que no se inmiscuyan más en mis asuntos personales pues ya me han hecho suficiente daño! —agregó tratando de zanjar el asunto.

—¡Estás ciego, hermano! —exclamaron las dos al unísono.

—No solamente ciego —respondió él—, me he vuelto también sordo a las opiniones de los que quieren manejar mi vida como si yo fuera un muñeco de cuerda. Por eso no quiero oír comentarios negativos sobre mis planes o términos denigrantes para mi adorada niña.

Las dos suspiraron largamente.

—Ciertamente, no hay peor sordo que el que no quiere oír ni peor ciego que el que no quiere ver —añadió furibunda la hermana mayor.

Yo me puse de pie poniendo la servilleta sobre la mesa.

—Ustedes necesitan privacidad para discutir sus asuntos familiares, que a mí no me incumben. Así que, por favor excúsenme. *¡Bon apetite!* —dije y empujé la silla contra la mesa.

—¡No, profesor, no se vaya! —imploró el tío Sam—. No hay nada que tengamos que discutir porque mi decisión es final. Así, que, por favor, hermanitas, callen ya sus opiniones y hablemos de otros asuntos.

Ellas se levantaron al mismo tiempo de la mesa.

—¡Tráenos nuestra cena a la biblioteca! —le ordenó Esperanza a Ester.

Al día siguiente y como lo había prometido, don Samuel vino a recogerme a la hora especificada. Se había hecho peluquear temprano en la mañana y vestía un pantalón de paño azul y una guayabera de blanquísima seda que le hacía resaltar más su abultada panza. No quise indicarle que su atuendo, aunque fino y elegante, no ayudaba a su rolliza figura porque ya era demasiado tarde para remediarlo.

—¿No tiene algo mejor que esos trapos? —me preguntó en tono humillante.

—En realidad no —le contesté—. El novio es usted, amigo mío; ¡no yo! —agregué un poco molesto por su insólita pregunta. Ciertamente era un pantalón de humilde algodón y una camisa del mismo material, tallada a mi abdomen y de manga corta, con bolsillos al estilo vaquero, que a mi modo de ver resaltaba mi figura varonil pues enmarcaba mi pecho de forzudo luchador, exhibiendo mis abultados bíceps y musculosos brazos. Además, él sabía que mi salario de maestro no me permitía darme el lujo de comprarme ropa fina.

Su vehículo lo había dejado estacionado frente a la casa. En el momento en que salíamos a tomarlo, un flamante automóvil de color claro, aunque indistinguible por la oscuridad de la noche, pasó frente a nosotros a una velocidad inusitada para esos parajes.

—Ese es el hijo del alcalde —gruñó el secretario—. ¡Sálvese quien pueda! —agregó.

—Pero ¿no dijo el papá que estaba interno en San Miguel? —pregunté extrañado.

—Lo más seguro es que ya lo volvieron a expulsar. ¡Qué lástima siento yo por ese muchacho! —exclamó indignado y compungido—. Pero creo que más lástima siento por Patricio porque es su único hijo. La mamá antes de morir lo consintió tanto que ahora el padre no sabe qué hacer para meterlo por el camino de la razón. Ya lo han expulsado de dos colegios en la capital por golpear a sus profesores.

Entonces, ¿será este desgraciado el que anda acosando a nuestra Alejandrita?, me pregunté en silencio, pero no me atreví a vocalizar la pregunta. Me limité a decir que los muchachos no tienen la culpa de ser mal educados por los padres.

Por el camino recordó el encontronazo que la noche anterior había sostenido con sus hermanas y en mi presencia.

—¡Cómo me arrepiento de no haber tenido la hombría para imponer mi voluntad cuando era joven! —dijo entre furioso y arrepentido—. Ya mis hijos estuvieran crecidos y probablemente hasta tendría nietos —añadió compungido.

Yo no quise hacer comentario alguno sobre el tema y solo me atreví a decir impersonalmente:

—¿De qué sirve un arrepentimiento tardío si el pasado ya no vuelve? Por eso yo trato de vivir en el presente haciendo planes para el futuro, ¡no importa lo incierto que me parezca! ¡Vamos, mi capitán —le dije en broma, dándole con el puño en su rollizo brazo—, no llore más porque va a hundir el barco con ese copioso torrente de sus lágrimas! *"Esta noche de farra*

y alegría el dolor que hay en su alma debe ahogar" —
canté yo, parafraseando el tango de Gardel.

El tío Sam se carcajeó de lo lindo y luego me
dijo:

—Eso ¡merece un trago!

—No —le dije—, un trago no, ¡merece dos,
merece muchos, verdad de Dios!

Sin soltar el manubrio abrió la guantera y saco
una botellita de fino coñac.

—La mitad de abajo es mía y la mitad de arriba
es suya. ¡Empiece, pues, profesor!

Nos la bebimos en dos largos sorbos.
Inmediatamente sentí que mi garganta ardía en un
infierno, pero hice de tripas corazón, callando mi
incomodidad porque la esencia del licor me llegaba
velozmente al cerebro, dándome renovados bríos y
mucha valentía.

El patio trasero de la casa de la familia Salvador
había sido profusamente adornado con banderolas y
globos multicolores. Docenas de bombillos iluminaban
la escena a tal punto que apagaban la luz de las estrellas
y parecía como si estuviésemos de día. Un enorme
letrero dorado rezando *"FELIZ CUMPLEAÑOS,
ALEJANDRA"* colgaba de una larga vara atravesada en
el fondo del patio.

Tan pronto llegamos, el músico de la corneta
lanzó un remedo de diana para llamar al silencio a los
invitados. El director de la orquesta dijo a viva voz:

—Esta fiesta por el cumpleaños de la hermosa
señorita, Alejandra Salvador, se la ofrece su prometido,
el muy distinguido caballero y secretario municipal de
El Paraíso, don Samuel Oquendo Sarmiento.

Los invitados, unas cincuenta personas de diferentes edades, condiciones sociales y vestimentas, aplaudieron frenéticamente y lanzaron vivas a la festejada. Entre ellos se encontraban el sargento Domingo Rivas, comandante de la guardia nacional con dos de sus agentes.

La homenajeada, ataviada con un vestido sencillo de muselina rosa pálida que le llegaba hasta los tobillos, se mantuvo impasible. Ni la más leve sonrisa de satisfacción cruzó su rostro juvenil. Los invitados se arremolinaron alrededor de ella para felicitarla y entregarle los regalos. Ella, cortésmente y con un grado increíble de dignidad, abrazó a chicos y grandes pero su carencia de entusiasmo se podía leer a kilómetros de distancia. Yo me sentí muy apenado, aunque no sé si fue por ella o por el gordito enamorado que se ufanaba de festejar a alguien que lo último que quería era estar en su propia fiesta de cumpleaños o en su presencia. El tío Sam me llevó del brazo hasta ella.

—Este joven es don Roberto Alarcón, mi amigo más entrañable —dijo y agregó con aire de gran señor—: y bailará contigo porque yo nunca aprendí a bailar. Así que, por favor, atiéndelo finamente como lo harías conmigo.

—Ya lo conozco —respondió ella secamente. Yo sentí que su rechazo silencioso era tanto para el secretario como para mí, pues de seguro me creía parte de la conjura romántica del tío Sam. Aun así, cuando los mariachis empezaron a tocar la introducción del conocidísimo viejo vals, *Alejandra*, ella extendió su brazo hacia mí y pronto me uní a ella para bailarlo.

—Espero que no me triture los pies —me dijo con una voz baja y gutural, saturada de amargura—.

Pero ¿qué importaría? Si sería simplemente un dolor más —agregó resignada y pucherosa. Yo, comprendiendo su obvio enojo, aparté mis ojos para no verla sufrir.

—*"Te adoré desde que te vi, mi alma te entregué y por ti soy feliz"* —canté yo al compás de la orquesta, haciéndole segunda gratuita al cantor; aunque por dentro me estaba ahogando de rabia y de desprecio hacia mí mismo. Traté, sin embargo, de mantener mi ecuanimidad y concentrarme en los pasos y movimientos ligeros que exigía el ritmo. Ella se desplazaba sobre la pista improvisada como una ligera pluma de ave llevada al azar por la brisa. Los invitados, mientras tanto, hacían comentarios sobre su destreza en la pista de baile. Otras parejas se unieron prontamente a nosotros y yo respiré aliviado de no estar más en la mirilla de todo el mundo.

—*"Tienes toda la blancura de una perfumada flor de lis y el altivo porte de una majestuosa emperatriz* —continué cantando—, *Alejandra de mi amor, sólo tuyo es mi querer, ¡vivo sólo para ti, mujer!"*.

De reojo observé que el tío Sam no me quitaba la vista de encima. *¿Tendrá temor*, me pregunté preocupado, *de que yo, aprovechando esta bella oportunidad, lo traicione enamorándola?*

—Debías de tomar una copa de vino para calmarte los nervios —sugerí con voz mesurada.

—Y ¿por qué no para emborracharme del todo, ah? —me contestó con un tono desafiante—. Así tendría las agallas para gritarle a ese viejo ridículo que no lo amo y que deje de estarse aprovechando de la miseria y de la codicia de mis padres. ¡Usted no sabe lo mal que yo me siento! —añadió a punto de llorar—. Porque sé que a los ojos de toda esta gente hipócrita que me aplaude y me sonríe yo soy una zorra maldita, interesada y materialista, que solamente ve en el viejo la forma de escapar de la pobreza...

—Entiendo lo que quieres decir —susurré—. Pero yo de ti no pienso así, porque yo me doy cuenta de que tú eres una víctima de las circunstancias. Créeme, no estoy gozando mi parte en este sainete trágico —agregué—. En este momento me aborrezco por haberme dejado caer tan fácilmente en esta trampa donde yo soy simplemente un muñeco de cuerda. Por ahora, por favor, trata de llevar la fiesta en paz, fingiendo que eres feliz sin importarte lo que los demás puedan pensar o decir de ti…

—Si usted me lo pide, lo haré…

—¡No, no! —la interrumpí—, no lo hagas porque yo te lo pido, sino porque es tu voluntad y es la conducta más lógica y apropiada dadas las circunstancias. Además, será menos engorroso que aparecer mordiendo la mano generosa del tío Sam.

—Sí, está bien —me dijo aparentemente convencida y nos fuimos a sentar porque la pieza musical ya había terminado. Tres mujeres con delantal blanco, entre ellas Balbina, la viuda, repartían copas de vino, refrescos y bocadillos que llevaban en charolas. Alejandra tomó asiento y yo le pasé una copa de vino. Don Samuel se nos vino encima con dos copas más.

—¿Por qué no brindamos por la cumpleañera? —propuso al instante.

Yo lo secundé diciendo:

—Y ¿por qué no? —Y enseguida levanté mi copa y dije—: Yo brindo porque todos y cada uno de los sueños queridos de Alejandra se cumplan en su totalidad. Y que el mundo vea la pureza de su alma y de su corazón. ¡Por Alejandrita…!

—Y yo brindo por su dicha futura y porque algún día Alejandrita me ame tanto como yo la amo —declaró el pretendiente mientras hacía un mohín esperanzado—. Y compartamos juntos la felicidad de ser el uno para el otro…

El estruendo de dos balazos al aire y varios gritos desaforados interrumpieron el brindis solemne del pretendiente y la manifestación de sus más caros deseos. El jefe de la guardia se levantó de inmediato con sus agentes y los tres caminaron apurados hacia la calle. Los gritos continuaron, aunque yo no podía entender lo que decían o el porqué del escándalo ni quién era el que gritaba. Carlos, el asistente del secretario corrió desde la puerta hasta donde estábamos congregados.

—¿Qué pasa? ¿Quién está haciendo esa bullanguera? —preguntó don Samuel consternado.

—Es Patricio Buenavista —respondió el asistente a media voz—, dice que quiere felicitar a *su novia,* pero también quiere bailar con ella…

—Pues déjenlo que entre, pero si viene armado que primero le entregue el arma al jefe de la guardia —ordenó el tío Sam.

—El problema es que está tan borracho que no se puede mantener de pie…

—El muchacho puede que traiga buenas intenciones, pero en su estado de ebriedad solamente podría hacer el ridículo —nos dijo Rivas, serio y preocupado, acercándose a nosotros con semblante nervioso.

Y era de esperarse pues, al fin y al cabo, el joven impetuoso era nada menos que el hijo mimado de la autoridad máxima del municipio.

—¿Qué nos sugiere? —preguntó el secretario cavilosamente mientras la pobre homenajeada me tomaba la mano, temblando de miedo.

—Ya le quité el arma y las llaves del carro —explicó Rivas—. Ahora hay que convencerlo para que se vuelva a sentar en el coche. Y cuando se duerma, lo llevaremos a su casa.

Don Samuel le hizo señas al director de la orquesta para que continuara la música. Durante este aciago rato, Alejandra se mantuvo callada. Luego continuamos bailando y ella no hizo más que comentarios sobre sus estudios, sus compañeras y me narró algunas vivencias ocurridas dentro del internado.

La cortada del inmenso pastel dio pie a una enorme algarabía, sazonada por la abundancia de vinos y cervezas para los mayores y bebidas gaseosas para los menores. Luego la gente comenzó a despedirse y yo me fui a la escuela a terminar algo que tenía pendiente. Me despedí de Alejandra frente al celoso enamorado con un simple apretón de manos para que él no sospechara de mis íntimos anhelos. A los pocos días supe que el joven Buenavista había sido arrestado en la carretera a San Miguel manejando su automóvil en estado de embriaguez. Y un día más tarde una carreta tirada por bueyes había sido embestida por su vehículo y como consecuencia el carretero había resultado gravemente herido. La esposa había permanecido en estado consciente y logró memorizar el número de la placa vehicular. Con ese dato la policía de tránsito dio pronto con el carro en un taller de reparaciones donde el dueño batallaba por esconder los daños causados por el choque. Al llegar la autoridad, se encontraron dentro del vehículo algunas botellas de licor a medio consumir. El alcalde movió cielo y tierra para lograr la libertad bajo fianza de su conflictivo vástago. Días después, cuando solamente me quedaba una semana para terminar mi interinato, Patrick se apareció en la escuela. Mejor dicho, me fue a buscar al salón de clase.

—Oiga —me dijo altanero desde la puerta—, me urge hablar con usted de algo que nos interesa a los dos. Y tiene que ser ¡orita mismo!

—Niños —dije en voz alta—, todos quietos por un par de minutos, por favor. No quiero repetir lo que he dicho.

Salí del aula y me enfrenté al jovenzuelo.

—¿En qué lo puedo servir? —pregunté sin rodeos.

—Usted y yo no nos conocemos, pero he oído hablar de usted.

—Y ¿quién es usted? Porque yo tampoco lo conozco.

—Me llamo Patricio Buenavista y soy el *hijo* del alcalde —dijo mirándome con una mezcla de altanería y despecho.

—¿Para qué me querrá su papá? —pregunté impaciente.

—No es él el que quiere hablar con usted sino yo. Me han dicho que, en la fiesta de cumpleaños de mi novia, Alejandra Salvador, usted estuvo bailando con ella durante toda la noche y yo quiero saber quién le dio permiso de bailar y hablar con ella.

—Aquí hay un pequeño malentendido —comenté casualmente—. El novio de Alejandra es don

Samuel Oquendo y él, no solamente organizó y pagó la fiesta, sino que me pidió que bailara con ella porque él no podía hacerlo por razones que desconozco.

—Ese viejo desgraciado no es novio de nadie. Alejandrita *me tiene que querer a mí* porque yo he sido su novio desde que estábamos en primaria. Esa *mujer* nació para ser *mía* y nadie impedirá que lo sea —añadió bravuconamente.

—A ver, escúcheme, Patricio: yo no quiero inmiscuirme ni en sus asuntos privados, ni en los de Alejandra Salvador, ni en los de don Samuel Oquendo. Estoy para terminar mi interinato. De manera pues que yo no seré impedimento para que usted o don Samuel logren el amor de esa joven. Según yo entiendo, usted se presentó borracho a la fiesta y sin haber sido invitado y quiso entrar amenazando a los invitados con su revólver y disparando al aire. No recuerdo haber oído a Alejandra solicitando que lo dejaran entrar para bailar con usted.

—Esa es su opinión —me replicó enojado.

—Como quiera que sea nuestra entrevista ha terminado —dije tajantemente—. ¡Que tenga un feliz día! —añadí retornando al salón de clase.

—¡No sabe con quién se está metiendo! —me dijo amenazante, agitando furioso su dedo índice.

Al regresar a mi posada, le relaté a don Samuel sobre el serio encontronazo con su gratuito y enajenado rival.

—Ese muchacho va a terminar muy mal —me dijo—. Yo no sé si deba poner al tanto al alcalde, aunque creo que sí porque hemos sido siempre buenos amigos. Pero le cuento que el pobre viejo está cansado de recibir continuas quejas sobre su hijo. Con todo, él no tiene alternativa que seguirlo apoyando porque teme que un día de estos se convierta en homicida o tal vez en parricida —añadió con voz preocupada.

El día de mi partida fui a despedirme de todos los amigos que había hecho en la alcaldía. Don Patricio me pidió excusas por el comportamiento de su hijo, pero no me prometió hacer algo por cambiar su conducta violenta. Don Samuel me suplicó que dondequiera que estuviera, hiciera todo lo posible para acompañarlo en su boda. Yo se lo prometí con toda sinceridad. Subsecuentemente, intercambiamos algunas cartas donde me hablaba de su irrenunciable propósito de llevar a cabo la boda con su adorada Alejandra.

Antes de marcharme también me despedí de mis tres súcubas secretas. Les di rendidas gracias por los inolvidables momentos compartidos. Sus enternecidas lágrimas hicieron melcocha de mi corazón, pero tuve la valentía de decirles adiós sin pestañear.

Antes de terminar el año escolar viajé a San Miguel a visitar a la reluctante novia de mi amigo. Me presenté como el maestro de su hermano y pronto la recepcionista, una preciosa monjita de ojos saltarines, me condujo al locutorio donde se me permitió hablar con Alejandra a través de una ventanita con malla y con la monjita presente a poca distancia. Debido a la absurda e insólita previsión de las monjas directrices me pareció estar hablando con un condenado a muerte en la penitenciaría nacional. Durante nuestra conversación Alejandrita me hizo comprender que *el loco,* como ella llamaba a Patrick, continuaba siendo un peligro para ella. Nos despedimos no sin antes confesarme que, aunque no amaba realmente al tío Sam, se casaría con él por simple agradecimiento a sus bondades, aunque obviamente interesadas, y que los esponsales estaban planeados para la semana después de Navidad. No la felicité por su decisión; simplemente le prometí estar presente en su casamiento. Le di mi dirección permanente y el número de teléfono de mis padres para que me hiciera saber la fecha exacta de su boda.

Llegaba la Navidad, pero no la invitación. Una mañana fui a comprar aguinaldos para mis padres y familiares y me dolió pensar que mi novia Marisol se me había ido con alguien que ella consideró mejor amante o tal vez más enamorado que mi persona. *Bueno*, me dije resignado, *es un regalo menos*. Mientras hacía cola para pagar las compras, el caballero que estaba delante de mí sacó de debajo de su brazo un periódico. Disimuladamente, por encima de su hombro yo leí los inquietantes titulares a grandes letras negras que rezaban, *"UNA SANGRIENTA TRAGEDIA EN ORIENTE"*.

La noticia no es tan insólita como parece, me dije. *Todos los días la gente se mata por dinero, por amor, por celos, por envidia, a veces por simples nimiedades*. El dueño del tabloide se volvió hacia mí diciendo:

—Es verdaderamente terrible y lamentable lo que ha sucedido en ese pueblo de El Paraíso.

—¿En El Paraíso? —pregunté incrédulo.

—Sí, allí mismo —afirmó.

—¡Qué raro! —exclamé extrañado—. Ese es un pueblo aletargado y tranquilo, nada extraordinario sucede allí. Yo estuve trabajando a mediados de este año en una de sus aldeas. Pero ¿qué fue lo que sucedió? —inquirí intrigado.

—Dos hombres, un joven y un viejo, ambos adinerados, se habían enamorado de la misma mujer, una hermosa adolescente. Ella se había comprometido a casarse con el hombre mayor antes de terminar este año. El joven fue a buscar a su rival a la oficina municipal donde funcionaba como secretario y lo mató a balazos. Los guardias persiguieron al asesino y ya en la carretera le dispararon a las llantas. Una de ellas explotó y el muchacho perdió el control del carro, chocó contra un terraplén, muriendo al instante.

—Por casualidad, ¿los muertos se llamaban… Patricio Buenavista y Samuel Oquendo? Y la novia ¿Alejandra Salvador? —pregunté intranquilo.

—¡Sí, exactamente! ¿Cómo lo sabe?

—¡Me lo suponía! —dije y agregué—: Yo era amigo de don Samuel, el secretario municipal. Y también de la joven. Y también conocí a Patricio, pero con él no me llevé muy bien. En todo caso ¡que Dios los haya perdonado!

—Pero es que la tragedia no termina allí —me informó el caballero lector.

—¿No? ¿Hay más todavía?

—Sí. El padre del muchacho, enloquecido por la muerte de su único hijo, esa misma noche incendió la casa de la novia con la gasolina destinada al generador eléctrico que estalló en llamas. Se cree que todos murieron calcinados, aunque las autoridades no están seguras si la futura novia murió también en la conflagración. Solo han encontrado nueve cadáveres carbonizados y se suponía que eran diez los miembros de la familia.

—¡Qué terrible tragedia, Dios mío! —exclamé—. Y ella, Alejandra Salvador, era tan bonita y tan inteligente que me hubiera enamorado de ella si no hubiese sido por mi lealtad y agradecimiento a don Samuel, o el *tío Sam*, como lo llamaban en ese pueblo.

Anonadado, devolví a los estantes los regalos que había pensado comprar. *¡No hay lugar para festejos!*, me dije. *¡Mi corazón y mi alma están de luto riguroso!*

Regresé a casa completamente fastidiado. Pero antes me detuve en la oficina de telecomunicaciones y cité al teléfono a Caridad Oquendo, por ser la mayor.

Después de manifestarle mi profundo pesar por el trágico deceso de su hermano, le pregunté cuándo se efectuaría el entierro.

—Si me lo permiten, quiero estar con ustedes —le dije.

—Por supuesto —me respondió—. El sepelio tendrá lugar mañana después de una misa de cuerpo presente.

Decidí no contarle lo ocurrido ni a mi padre, y mucho menos a mi madre, para no perturbarlos. Al día siguiente madrugué para subirme en el primer bus de la mañana que me llevase hasta El Paraíso.

Al terminar la misa fúnebre, el celebrante solicitó a la concurrencia que si alguien quería pronunciar una elegía en honor del difunto que pasara al frente de la feligresía. Yo, como todo un valiente, me ofrecí pues creí que era lo menos que podía hacer por mi difunto amigo. Sin embargo, me decidí a hacerlo en forma breve.

—No tengo palabras adecuadas para expresar mi profundo pésame por la absurda y trágica muerte de este gran hombre que fue don Samuel Oquendo Sarmiento —dije en voz solemne—. Solo espero y ruego a Dios que tenga a bien perdonarle sus pecados y lo reciba en su gloria eterna. Don Samuel, o el tío Sam, como él pedía que lo llamaran, era un hombre extraordinario, amable y generoso hasta el extremo. Yo me siento muy orgulloso de haber compartido brevemente su hogar y la mesa de su ilustre familia. Permítanme pedirle a Dios que brinde consuelo y resignación a sus hermanas, doña Caridad y doña Esperanza Oquendo.

Por la tarde compartí mi pesar con la familia doliente mientras bebíamos una taza de exquisito y reconfortante chocolate. Esperanza mencionó que algunos testigos del incendio juraban haber visto a Alejandra corriendo hacia la carretera inmediatamente después del siniestro. Pero algunos de ellos aseguraban también que era su alma la que huía porque la observaron en el preciso momento en que se elevó por el aire hasta el cielo, perdiéndose entre las nubes. Yo me sonreí por la ingenuidad de la gente que siempre quiere presenciar eventos milagrosos; y si no los ven, los inventan. Pero callé mi escepticismo.

Después del entierro regresé a casa. Enseguida relaté a mis padres todo el trágico suceso y las extrañas declaraciones de algunos vecinos de la familia Salvador. Ambos escucharon con gran atención y se maravillaron de las truculencias milagrosas inventadas por los campesinos de El Paraíso. Finalmente, mamá puso su mano sobre mi rodilla.

—Hijo mío —me dijo—, hay una joven que ha estado llamándote varias veces, pero no ha querido darnos ni su nombre ni su dirección. Me dijo, sin embargo, que te volvería a llamar.

Tiene que ser Alejandra, me dije esperanzado y sonreí al imaginarme que podría ser un ángel regresado del cielo. Al rato sonó el teléfono y yo contesté al instante.

—Le habla Alejandra Salvador —me dijo.

—¿Dónde estás? —le pregunté ansiosamente.

—De momento estoy escondiéndome en la biblioteca municipal —respondió. Agregando—: no tengo a donde ir y el viejo enloquecido de don Patricio me amenazó con perseguirme hasta encontrarme para matarme. Me culpa de toda la horrenda tragedia que hemos vivido.

—Voy por ti —contesté sin siquiera pensarlo.

Presto fui por ella y la traje a la casa de mis padres. Por el camino le conté lo de su supuesta ascensión a los cielos. Alejandra, después de reírse me dijo:

—Sí, yo corrí como loca y pronto me metí en el monte tupido porque en mi desesperación comprendí que don Patricio no podría entrar allí con su carro.

—Pero ¿tú lo viste pegándole fuego a tu casa?

—¡Pues claro! Esa madrugada, como a las cuatro de la mañana, me levanté a hacerle el desayuno á papá porque Balbina se había enfermado la noche anterior. Aún no estaba enterada de la muerte de don Samuel y planeaba viajar a San Miguel a comprar algunas cosas para la boda. Oí el ruido del motor de un vehículo deteniéndose frente a nuestra casa. Luego escuché el ruido de su puerta cerrándose. Don Samuel me había dejado dinero para las compras. Mientras lo buscaba para ponerlo en bolsa, me di cuenta de que alguien estaba rompiendo a hachazos la puerta del cuarto donde estaba el generador. Papá se levantó rápido y se dirigió a la puerta de atrás. «¡Niña! ¡Nos están robando el generador!», me dijo apurado y poniéndose los pantalones me ordenó: «Salí a la calle a pedir auxilio a los vecinos». Esas fueron sus últimas palabras. Tan pronto abrí la puerta, escuché una horrenda explosión y luego vi lenguas de fuego cubriendo toda la casa. También observé que don Patricio estaba frente a su automóvil, buscando algo en sus bolsillos, probablemente las llaves. Pero él me vio cuando yo ya estaba en la calle y empezó a correr hacia mí. Mientras corría me gritaba que yo era la culpable de todo lo que había sucedido y yo no entendía de qué hablaba. «¡Te voy a alcanzar, maldita; te voy a alcanzar!», gritaba desaforado, «y te estrangularé con mis propias manos». Cuando comenzó a perder el aliento echó de regreso y se subió a su automóvil. Yo comprendí que solo podría salvar mi vida si lograba esconderme en el monte grueso. Para entonces ya las llamas estaban terminando con el interior de la casa y con toda mi familia. Llegaron muchas personas a ayudar, pero yo no me atreví a salir del monte. Caminé por entre los árboles hasta que salí a la carretera y allí tomé el bus para San Miguel. Tan pronto me senté, empecé a escuchar comentarios de los pasajeros sobre lo que le había sucedido a don Samuel y a Patricio. Pedí explicaciones y me relataron todo lo ocurrido. Entonces comprendí la causa del odio del alcalde contra mi persona —terminó diciendo e irrumpió en llanto sobre mi hombro.

Traté de consolarla expresando mi más sentido pésame por la pérdida irreparable de su querida familia.

«Vámonos a casa», le dije, «estoy seguro de que mis padres se apiadarán de ti y te permitirán quedarte con nosotros todo el tiempo que sea necesario».

Ellos se encariñaron grandemente de Alejandra, pero no tanto como yo, por supuesto. Ese gran cariño de mi familia le ayudó a sobreponerse a la horrenda tragedia sufrida y a olvidarla paulatinamente hasta encontrar la paz en su corazón. Eventualmente el amor entre Alejandra y yo creció al calor de mi dulce hogar bajo la mirada benévola de mis progenitores, quienes también nos ayudaron a continuar nuestros estudios universitarios. Luego de habernos casado, Dios nos bendijo con dos hijos varones, juiciosos como su orgulloso padre, y una preciosa hembrita tan linda como la madre, mi Alejandra Salvador.

Después de un tiempo leímos en el periódico que el antiguo alcalde, don Patricio Buenavista, había fallecido en el asilo siquiátrico nacional. Ya para entonces, Alejandra había superado la más horripilante página de su historia personal al calor y bajo la protección de un hogar pleno de verdadero amor.

El alma de Dorotea

—¡Salite diay de la cueva, Locha! ¡Puta mal nacida! —gritaba y gritaba Dorotea con voz estentórea frente a nuestro humilde bohío. Construido con paredes de caña brava y techo de paja nuestra casita se alzaba sobre un promontorio de milenarios talpetates que, a mis seis años de edad, me servía para diseñar y labrar carreteritas que subían hasta la cima. Aunque todavía no había conocido un vehículo automotor real, los había visto en las revistas infantiles que mi madre coleccionaba para ayudar sus clases de lectura que a diario me daba. La escuela más próxima quedaba a cuatro kilómetros de nuestra aldea y hasta allá caminaban cada mañana mis primos y primas junto con otros de nuestros vecinos. Yo, ansioso esperaba mi séptimo cumpleaños para poder ingresar y viajar con ellos y participar en sus juegos infantiles.

Pero en ese ambiente aparentemente idílico se erguía un elemento perturbador para mi madre y también para mí. Cuando veía la funesta figura alta y mofletuda de Dorotea o la Teya, como todos la llamaban, trepar al promontorio que todos llamábamos *el cerrito*, yo corría a esconderme detrás de las enaguas de mamá mientras ella trancaba la única puerta del bohío. Tan pronto llegaba jadeante a la cima la Teya comenzaba su verborrea de insultos obscenos contra mi angustiada madre.

Mientras tanto, yo observaba a la gritona a través de una grieta entre las varas que formaban las paredes de nuestro bohío. Y escuchaba a la vez los sollozos amargos y entrecortados de mi madre y sus plegarias apremiando a sus santos favoritos, implorándoles el milagro de hacer que la mujer enajenada se cansara de espetarle insultos soeces y calumniosos, se regresara a su hogar y no retornara nunca más.

—Agustincito —me dijo en voz baja, casi inaudible—, usté sabe ónde está la milpa de nosotros, ¿o no? Y ¿sabe cómo llegar allí?

—Sí, amá, yo sé ónde está la milpa y también sé cómo llegar.

—Vaya y le dice a su apá que se venga ya, antes de que la loca de su prima le prienda juego a las varas de la paré. Venga, ay lo voy a sacar por la ventana pa' que la Teya no lo vaya a ver salir y lo siga pa' matarlo —añadió precavida. Me levantó en vilo y luego de pasarme por la estrecha ventana me soltó para dejarme caer al suelo mojado y tapizado de hojarasca. Me levanté presuroso y corrí hacia el sembradío de maíz y frijoles que papá y dos peones estaban aporcando.

Dorotea Santos, conocida por todos los habitantes de la aldea de Montecillos, como la Teya, era una hermosa mujer de unos treinta años, alta y fornida y de aspecto andrógino, con ojos negros y vivaces. Por alguna razón, desconocida por mí a esa edad temprana, muchos años atrás se había trastornado de tal manera que todos la observaban asustados, casi siempre de reojo para no tener que enfrentarse a su hosca mirada siempre hostil y penetrante. Todos sus vecinos, incluyendo parientes cercanos, rehusaban dirigirle la palabra o escucharla y también le huían a su presencia; excepto, naturalmente, su pobre anciana madre llamada María y su hermana menor de nombre Pastora, quienes tenían el precario privilegio de convivir con ella.

Los habitantes de la aldea creían a pie junto que Dorotea era indudablemente el castigo divino por los pecados de sus habitantes. Éstos, ignorantes y pobres en su mayoría, habitaban viviendas hechas de bahareque con pisos de tierra desnudos. La sola excepción era la casa de don Nicomedes Navarrete, cuyas paredes encaladas y construidas de adobes horneados se alzaban sobre pisos cubiertos de azulejos azules y blancos como los tableros de damas chinas. Nicomedes era el propietario de casi todas las tierras fértiles en los alrededores de Montecillos y la mayoría de sus gentes trabajaban para él en sus fincas y en los potreros donde se guardaba el ganado vacuno y equino. Además de ser el dueño de todo, su familia era la más blanca entre los pobladores descendientes del mestizaje indo-hispánico.

No estoy muy seguro de que Teya realmente hubiera querido matarme como mi temerosa madre temía. Tal vez por la inusual estatura de la enajenada; mamá, una mujer diminuta y de escasas carnes, le tenía un pavor absoluto. Y yo, naturalmente, temía también lo que mi madre temía, aunque mi padre nos decía repetidamente que su prima Teya era verdaderamente inofensiva. Y que al tratar de evitar tener contacto con ella agravábamos aún más su locura y su inveterado resentimiento. Pero mamá no aceptaba ni mucho menos compartía esa opinión benevolente de su esposo.

Por mi veloz carrera de aproximadamente medio kilómetro, llegué jadeante hasta donde papá se encontraba en compañía de dos peones contratados para los trabajos de la aporcada.

—¿Por qué veniya corriendo? —me increpó en tono severo tan pronto me vio. Y añadió—: Esa bajada es muy peligrosa. Está llena de piedras sueltas y ay se podía quer y romperse la crisma. ¡No lo vuelva a hacer! —me ordenó tajantemente.

—¡Porque mi amá lo necesita *ya*; por eso me vine corriendo! —le contesté altanero; sin
comentar su orden o su advertencia del peligro.

—Y ¿a qué se debe la urgencia? —me preguntó en voz baja para que sus peones no se enteraran de nuestros problemas familiares.

—La Teya está parada sobre la piedra más grande del cerrito y le está gritando malas palabras a mi amá —le dije con voz preocupada—. Y la está amenazando que si no sale le pegará juego al rancho.

—Sigan trabajando, muchá, ya vengo —dijo mi padre a los peones que habían detenido sus labores para poder escuchar la ventilación de nuestros problemas.

—La Locha estará escondida dentro de la casa, supongo yo —me dijo cuando ya íbamos a medio camino—. Y ¿María Magdalena no se ha despertado? —preguntó de seguido.

—Esa condenada cipota duerme como un tronco —le respondí. Desde que había nacido, siete meses atrás, yo había sentido agudos celos de ella, pero los había callado. Y me dolía mucho que papá se preocupara más por su pequeña hija que por su mujer.

—¡Gracias a Dios! —dijo mi viejo.

Nunca olvidaré que, al nacer la niña, me sentí doblemente frustrado. Yo siempre creí que nosotros tres, papá, mamá y yo, éramos exactamente como los tres miembros que constituyeron la Sagrada Familia de la que hablaba la Historia Sagrada. La adición de otro hijo quebraba ese esquema ideal que me había enorgullecido secretamente. Pero también me dolía muchísimo que mis progenitores, especialmente mi padre, se desvivieran por proveerle alimentos y comodidad a la intrusa. Me molestaba verla succionar ávidamente los senos de mi madre sobre los que yo había gozado un monopolio absoluto y que todas las atenciones fueran para ella; y de mí, el primogénito de la familia, ya ninguno de ellos se acordaba.

Llegamos por fin a nuestro hogar. Teya ya se había marchado y mi acobardada madre continuaba sollozando encerrada dentro del oscuro bohío.

—Locha, ya podés salir —dijo papá en voz baja mientras tocaba a la puerta suavemente con la yema de sus dedos para no despertar a mi pequeña enemiga.

Mamá salió, como era de esperarse, con los ojos enrojecidos, y la mirada distante. Se apegó al pecho sudoroso de papá y suspiró largamente.

—¿Qué vamos a hacer, Andrés, para deshacernos de esa maldita loca de una vez para siempre? —preguntó con voz de plañidera.

—No sé, Locha, ¡mi amor! —le respondió en voz baja—. Lo único que podríamos hacer es ir a reunir a todos los de la aldea y ponernos de acuerdo para llevárnosla al manicomio de la capital. Pero habrá que contar con la aprobación de mi tía María y la de

Pastora. Y eso sí que va a estar muy difícil porque ellas no quieren que se la lleven.

***

Dorotea, esa tarde, regresó al humilde bohío.

—¿Por ónde anduviste? —le preguntó la hermana como lo hacía siempre, temerosa de que hubiera ocasionado algún problema entre los vecinos y que estos culparan a sus hermanas de alcahuetas.

—Me juí a joderle la vida a la Locha de Andrés y la encontré encerrada con sus amantes.

Le dije que saliera con todos ellos pa' conocerlos, pero se mantuvo callada y no quiso abrirme la puerta. ¡Seguro que tenía por lo menos a tres desgraciados pisándole las nalgas!

La anciana se mantenía acostada en una cama debido a su inhabilidad general causada por una artritis terminal.

—Entonces, ¿cómo sabés que estaba con varios hombres? —preguntó con enojo—. ¿No será que vos le tenés envidia a la Locha porque ella es muy bonita y el Andrés la quiere mucho?

Madre y hermana dialogaban con la enajenada como si ignoraran su enfermedad mental.

—Yo no le tengo envidia a náiden ¡y mucho menos a la Locha! —afirmó Dorotea—. Lo que pasa es que esa puta, es como todas las putas casadas de Montecillos. Se las dan de muy recatadas y santas y les son infieles a sus pobres maridos todos los días.

Pastora se puso de pie. Su rostro, tan enjuto como su cuerpo, mostraba un gran enojo.

—Y a vos ¿quién diablos te ha dado el encargo de juzgar a nuestras vecinas, sean fieles o no a sus maridos? —preguntó.

Los ojos de Dorotea se llenaron de furia.

—¡Te voy a hacer pagar caro tus insultos, gran puta! —ripostó airada; y arrancando de un tirón una pata de la cama donde yacía su madre, asestó un duro golpe a la pierna izquierda de Pastora. Ésta cayó de espaldas sobre la anciana que había rodado al suelo. La enajenada continuó golpeando a su hermana y a su madre. Y las hubiera matado si Bernabé, su hermano mayor, no hubiera escuchado los gritos y voces de las víctimas suplicando auxilio.

Con un puñetazo a la mandíbula, la Teya cayó redonda al suelo. El oportuno salvador tomó un lazo y prontamente amarró a su hermana por los cuatro costados antes de que volviera en sí. Luego se dirigió a su casa y llamó a grandes voces a su hijo Pedro, que dormía la siesta en una hamaca. Entre ellos dos y algunos vecinos transportaron a las tres mujeres al hospital más cercano, unos veinte kilómetros a vuelo de pájaro.

María había sufrido una fractura en el muslo derecho y Pastora, una doble fractura en el brazo izquierdo y renegridos moretones en los muslos, piernas y rostro. Ninguna de las dos quiso levantar una denuncia contra su hija y hermana para evitar que terminara en el pabellón de los criminales incurables del asilo para enfermos mentales. Pero los siquiatras que la examinaron recomendaron su internamiento ya que padecía de repetidos episodios virulentos de furia y violencia.

Dos años después, Dorotea fue declarada recuperada de sus trastornos síquicos y volvió a la aldea. Nadie se atrevía a hablarle y mucho menos a contradecirle por temor a que volviera a sufrir otro ataque de violenta furia. Yo la veía pasar por el camino real frente a nuestro bohío. Iba siempre con una mantilla negra alrededor de su cabeza y caminaba mascullando jaculatorias o improperios en voz baja.

Yo había comenzado ya mi segundo año de primaria y como todos los muchachos de mi edad me gustaba lo que a ellos: divertirnos empujándonos, coscorroneándonos, pellizcándonos o jugando a los trompos y a las canicas. Me había convertido en el alumno favorito de nuestra linda maestra, la señorita Lydia Guardado. Todos los días, me la comía con los ojos y una tarde, al salir de clase, tuve la osadía de decirle que cuando yo cumpliera mi mayoría de edad y ella estuviera todavía soltera, me casaría con ella.

La maestra no sólo no me riñó por mi atrevimiento, sino que respondió dulcemente:

—Cuando tú cumplas los dieciocho años, Agustincito Santos, yo ya voy a tener cuarenta, o sea el doble de tu edad; y tú seguramente te enamorarás de una muchacha de tu edad —me dijo sonriente y agregó—: Pero, muchas gracias por tu prematura oferta de matrimonio. Como ves, tendré suficiente tiempo para pensar en tu propuesta.

Yo me quedé tan embelesado con su promesa que se me olvidó tomar la cacerola en la que mamá me ponía todos los días el almuerzo. Salí corriendo para alcanzar al grupo de mis compañeros, pero ellos ya habían traspasado los límites de la aldea donde se encontraba nuestra escuela. Luego recordé que me olvidé de la cacerola y me regresé nuevamente a la carrera. Para mi fortuna, al llegar, la señorita Lydia ponía el candado que aseguraba la puerta.

Corrí más veloz y apenas alcancé la cima de la cuesta desde donde se divisaban los bohíos de mi aldea, me di cuenta de que no podía alcanzar a mis compañeros y comencé a gritarles que me esperaran.

En esos días se corrían rumores de que varios perros sufriendo de rabia pululaban por los alrededores buscando a quien morder.

Al oír mis gritos, alguien del grupo insinuó que tal vez había sido mordido por un perro rabioso y que por ese motivo les gritaba tan desaforadamente. Comenzaron a correr despavoridos y yo tratando con más denuedo en alcanzarlos, en mi loca carrera pisé una piedra suelta y caí de bruces y recibí un fuerte golpe en la frente que me hizo perder el sentido. También había sufrido una cortada entre las cejas y sangraba profusamente. Cuando volví en mí, vi el rostro de la Teya que trataba de levantarme del suelo. Creí que el final de mi vida había llegado porque temía que ella quisiera matarme.

Pero mis temores se desvanecieron cuando me vi cargado por sus fuertes brazos mientras me decía que no temiera, que ella me llevaría hasta mi casa. Los compañeros ya habían visto que una mujer me llevaba en sus brazos y supusieron que se trataba de la enajenada. Corrieron hasta donde mi madre a darle la noticia que ella probablemente me había matado. Mamá enloqueció. Entró al bohío y sacó una escopeta mohosa que papá había heredado de mi abuelo y con ella corrió a enfrentarse a Dorotea. A pesar de que la sangre me había bañado el rostro y cerrado uno de mis párpados, yo logré ver a mi madre con el arma en la mano y la supuse lista a dispararle a mi salvadora.

—¡No, mami! ¡No! —le grité inmensamente afligido y agitado—. ¡La Teya no me ha hecho nada!

—Y ¿toda esa sangre?

—Me caí contra las piedras y me herí en la frente —le dije lloriqueando.

Mamá arrojó la escopeta lejos de ella y vino a recibirme.

—¡Dios se lo pague, Dorotea! —dijo ella rompiendo en llanto mientras me tomaba en sus brazos.

—¡No hay de qué! —respondió la Teya y tranquilamente se marchó sin decir más.

Al entrar al bohío, mamá me lavó y curó la herida con sales de permanganato. Al llegar papá, le relató el suceso. Ella no podía creer que la Teya hubiera tenido un rasgo de caridad para su familia.

—Ya te lo he dicho que la Teya no es peligrosa —contestó él—, excepto cuando sufre sus ataques de locura.

—Voy a hornear unas quesadillas y se las voy a mandar con Agustín para que le dé las gracias por ese gesto tan noble que tuvo con el niño —dijo mamá.

Una hora más tarde llegué hasta la casa de Tía María con un plato sobre el que mi madre había puesto cuatro quesadillas olorosas a queso horneado y a canela.

Pastora recibió el regalo y me dijo:

—La Teya está jugando a las canicas ella solita. Vaya y dígale que va a jugar con ella.

Hice lo recomendado y la enajenada me pasó unas cuantas bolitas de cristal para que con ellas apostáramos a quién metía más canicas en el hoyo que había hecho en el suelo. Yo, muy consciente de la condición mental de mi contrincante, lanzaba las canicas fuera del hoyo para no provocar su ira.

—¡Usté me está haciendo trampa, niño! —me dijo de repente—. Yo podré estar loca pero ¡no soy bruta ni mensa! Está perdiendo el chico a propósito para no enojarme. Y eso es ¡pior que hacer trampa! ¡Juegue bien o no jugamos más! —añadió decidida.

—Está bien, tía Teya —le dije—, voy a jugar sin hacer trampa, pero usté no se vaya a quejar si pierde.

—No, ¡que no me voy a quejar! —prometió seriamente.

Jugamos por mucho tiempo, es decir: hasta que la hermana nos llamó para sentarnos a la mesa a degustar las quesadillas de fabricación maternal.

Continué visitándola por varios meses y siempre jugábamos con las canicas que eran su pasión. Yo me alegraba de verla feliz y de saber que ya no estaba interesada en acosar y hostigar a mi madre. Ganara yo o ganara ella, siempre nos abrazábamos efusivamente como si el resultado de las apuestas hubiera sido lo más importante y excitante de la vida. A veces Teya pedía a su hermana que hiciera chocolate y nos lo bebíamos caliente y a grandes sorbos. Le gustaba hacer ruido al sorber, pero yo no la imitaba porque mamá me había enseñado a beber en silencio.

Cierta tarde que llegué a jugar con ella después de la Semana Santa, durante la cual no se nos estaba permitido ninguna diversión por estar rememorando la pasión de Jesucristo, encontré a Pastora llorando mientras preparaba la cena para su madre. Le pregunté por la causa de sus lágrimas y por la ausencia de mi consuetudinaria compañera de juego y ella me informó que Teya había desaparecido en la noche del Viernes Santo.

—No sabemos dónde está; o parónde se jué y con quién se habrá áido. Bernabé y Pedro l'andan buscando porque unos compradores de marranos nos dijieron que vieron a una mujer como la Teya a la orilla del río de La Paterna pero que estaba completamente desnuda y huyó del camino por el que ellos venían. Creen que cargaba un animalito en sus brazos que quería zafarse deya pero eya no lo soltaba.

Tres días después, cuando regresé de la escuela le pedí permiso a mamá para ir a jugar con Dorotea.

—Ya está de vuelta porque Berna la encontró en una poza del río bañando a un gato montés y con otros vecinos la lograron amarrar y se la trajieron a su amá. Pero usté no puede ir porque está desnuda y no deja que le pongan ropa —me dijo tristemente.

—Y ¿por qué no la puedo ver desnuda? —le pregunté.

—Porque los *niños* no pueden ver mujeres desnudas porque eso es pecaminoso.

—Yo la he visto a usted desnuda… —confesé inocentemente.

—¿Cuándo? —me preguntó furiosa.

—Cuando ustedes se van a acostar, mi papá y usté se desnudan. Yo, a veces me hago el dormido para que no me regañen —dije con voz cohibida.

—¡Prométame que no lo volverá hacer! —dijo y se marchó a la cocina,

Yo la seguí mientras insistía que quería ir a visitar a Dorotea.

—Cuando venga su papá de la milpa le voy a pedir que lo lleve a visitarla —me prometió.

Mi padre me acompañó a casa de la tía María. Cuando llegamos, vi a la Teya amarrada a un horcón del bohío, vestida de la cintura para abajo, lo cual me decepcionó pues yo esperaba ver a la luz del día lo que con tanta determinación escondían las mujeres entre sus muslos. Los senos no representaban para mí el mismo interés porque a la orilla de los ríos donde las mujeres se bañaban o lavaban ropa, yo las había observado: algunas de ellas con los pechos flácidos y otras con senos rígidos.

Tan pronto me vio, la Teya sonrió complacida y con el dedo índice me indicó que me acercara a ella. Papá me detuvo, temeroso de que pudiera hacerme daño. Pero yo me zafé de su mano y me acerqué a mi compañera de juegos infantiles. No podía abrazarme porque tenía los brazos atados al horcón, pero me dio un cariñoso beso en la frente.

Pastora se acercó a nosotros con un plato lleno de comida y una cuchara.

—No ha comido nada en dos días porque lo que le hemos dado a la fuerza lo ha escupido. Mire a ver si a usted sí le recibe la comida.

Yo, valiente y optimista, tomé el plato en mis manos y le mostré la cuchara llena de alimento.

—Sólo deme los pedacitos de pollo —me dijo y luego abrió la boca para recibirlos.

Aguanté la cuchara.

—Tiene que comerse las verduras con el pollo —dije con firmeza—. ¡O no le doy nada! —agregué decidido.

—Está bien —dijo tratando de zafarse de las amarras—. ¡Me lo voy a comer tó! Pero tan pronto termine de comer nos vamos a ir a jugar con las canicas.

¡Quítenme ya todas estas amarras quiay me están apretando mucho! —suplicó adolorida.

Tío Berna se apiadó de ella y la dejó libre. Jugamos toda la tarde. Después de ese incidente la Teya no volvió a tener nuevos episodios de violenta furia.

Al contrario, se tornó huraña hasta conmigo. Ya no quise volver porque no parecía que mi presencia le fuera grata. Mientras tanto, papá estaba vendiendo el lotecito herencia de mi abuelo sobre el cual había construido el bohío para marcharnos a otro lugar cerca de la costa porque allí se podía dedicar a la pesca marina. Don Nicomedes le ofreció una cantidad tan ridículamente exigua que papá ni siquiera se dignó discutirla. Pero el tiempo apremiaba y la cosecha del año anterior se extinguía paulatinamente en la confección de nuestra alimentación diaria. Papá tuvo que ceder para poder largarnos.

Mientras estaban en el proceso de la compraventa del lote, apareció un cura salesiano buscando niños que hubieran terminado el cuarto año de primaria con notas excelentes y que, a la vez, se sintieran atraídos por la carrera eclesiástica. Aunque yo me sentía un poco renuente a separarme de mis padres y mis dos hermanos, mamá estaba emocionadísima de ver un cura en el futuro de la familia y a su ruego entré a un seminario menor. Fui a despedirme de Dorotea, pero ella rehusó hablarme y no me dio una explicación sobre su conducta. Me fui adolorido, pero con la esperanza de que pronto la volvería a ver.

Durante mi primer año como seminarista, nuestro pueblo se rebeló violentamente contra la dictadura militar que había detentado el poder por la fuerza bruta y el engaño por doce largos años. La represión del

Gobierno no se hizo esperar y su incipiente fuerza aérea piloteada por asesinos a sueldo bombardeó aldeas y caseríos por el temor de que los pobres campesinos se unieran a los rebeldes. Montecillos fue una de las primeras víctimas a pesar de que entre su gente nunca había habido líderes revolucionarios que pusieran en peligro la dictadura. Es más, cada cuatro años iban como borregos a votar por el candidato oficial sin conocerlo o sin enterarse de sus ideas o promesas. Don Nicomedes siempre regalaba un par de tamales y un cuarto de litro de aguardiente a los ciudadanos que acudían a depositar su voto a favor de los dictadores. La actitud servil de don Nico no le sirvió de nada porque los aviadores militares tenían la orden de bombardear todo, arrasando vidas humanas y animales.

Nunca supe si la Teya y su hermana sobrevivieron a la hecatombe política porque no quedó nadie para contarlo y si mi padre no hubiera decidido marcharse con su familia a otra región del país, yo hubiera quedado en la orfandad completa.

Años más tarde, después de retirarme del seminario, mamá me confesó que en Montecillos se decía que la locura de Dorotea tenía un origen trágico. En su temprana juventud había entrado al servicio de la casa de Nicomedes. Éste, se decía en voz baja, abusó sexualmente de ella, haciéndole promesa de matrimonio tan pronto enviudara porque su esposa tenía cáncer terminal. Cuando Teya se encontró en cinta y la esposa del gamonal ya había fallecido, el falso enamorado la obligó al aborto y se negó a cumplir su promesa. Ella estuvo profundamente enamorada del engañador y ese rechazo malévolo dio origen a su violenta locura cuya carga tuvo que arrastrar toda su vida.

Nunca pude poner flores en su tumba porque los militares, después de los bombardeos, visitaron las aldeas destruidas e incineraron los cadáveres en masa. Pero el recuerdo de Teya y de su alma buena y atormentada vivirá conmigo en mi memoria.

El insólito romance entre un boticario Y la Reina Isabel

I

Ricardo Salazar Buitrago, un acaudalado farmaceuta de Itagüí, población vecina de Medellín, la segunda ciudad de Colombia en población y la más industrializada del país, se sentó de repente en su espacioso lecho. Medio adormitado aún, había creído escuchar ruidos extraños fuera del ventanal de su alcoba; los cuales, felizmente, lo habían liberado de una horripilante pesadilla. En ella, Carilinda, su esposa durante los últimos diez años, se fugaba con otro hombre; y él, con el corazón transido por la angustia, la rabia y el despecho se había aprestado a correr tras ella para retenerla.

Pues ¡claro que estaba soñando!, se dijo en un estado todavía nebuloso y, para convencerse, miró hacia la cama gemela donde su adorada compañera solía dormir. Pero la descubrió vacía y con todas las sábanas alborotadas.

Sin embargo, ese descubrimiento no lo inmutó en absoluto. Era obvio que ella se encontraba en el baño pues claramente se escuchaba el ruido del chorro de agua que llenaba el elegante Jacuzzi. *Umm! En este momento se estará desnudando para darse el baño matinal.* Levantó la sábana y el cubrecama con aire molesto y de un tirón se arropó de pies a cabeza. De repente, Ricardo se incorporó de nuevo y vio la hora en su radio-despertador. Eran escasamente pasadas las cinco. *¿Y por qué Carilinda se habrá levantado tan tempranito si ella suele dormir hasta el mediodía?*, se preguntó un poco extrañado.

En Itagüí, como en muchas otras áreas del país colombiano, y por varias décadas, batallones de *faracos*, guerrilleros de las Fuerzas Armadas Revolucionarias de Colombia (FARC) combatían ferozmente por territorios contra los *paracos,* milicias paramilitares ultraconservadoras de las Autodefensas Unidas de Colombia (AUC), fieles protectores y usufructuarios de las actividades ilícitas de los cárteles de narcos.

—¡Cariñooo, ujú! —gritó el boticario con voz gangosa—. ¿Por qué te has levantado tan temprano? —Nadie contestó su pregunta. Pero el agua continuaba vertiéndose. *¿Es que se habrá quedado dormida dentro de la bañera?*, inquirió sarcástico e incrédulo.

Se levantó del lecho. Todavía desnudo, perezosamente se encaminó hacia el baño. La puerta se encontraba medio abierta. La abrió un poco más, esperando verla desnuda por completo, como a él le encantaba contemplarla, para recrearse lascivamente en su cuerpo juvenil, curvilíneo y apetecible. Sin embargo, se topó con un cuarto vacío y la bañera a punto de desbordarse. No había vestigio alguno ni de su amada ni de su ropa. Cerró el grifo mientras se preguntaba cuál sería la explicación de ese misterio. Si no estaba en el baño, ¿dónde más podría estar a esa hora? Apoyándose en la veranda del piso superior llamó a Estela, la joven que funcionaba parte de tiempo como sirvienta y practicante en la Farmacia Itagüí, de su propiedad.

—Estela, ¿has visto a mi esposa? —gritó estentóreo y preocupado.

La empleada, una muchacha de facciones agradables, ya un poco mofletuda a pesar de sus veinticinco años cumplidos, al escuchar el llamado urgente de su patrón salió de su cuarto cubriéndose los senos voluptuosos que parecían estarse escapando de la bata entreabierta. Se asustó al ver la insolente desnudez de su jefe.

—Don Ricardo, ¿a qué se ha levantado a las cinco y media de la mañana? —preguntó quejumbrosa bajando la cabeza mientras empujaba una orilla de su bata contra la cintura.

—¿Has visto o no a Carilinda? —inquirió él mientras observaba crecer el desconcierto en la mojigata de su empleada.

—¿Cuándo? —preguntó extrañada.

—Esta mañana, por supuesto.

—Pero ¿cómo voy a verla si no ha amanecido todavía, don Ricardo? —gruñó la joven con voz quejumbrosa mientras se halaba modestamente la parte baja de su bata para cubrir el muslo desnudo que ya se insinuaba por allí. Para su desgracia, al tratar de tapar su pierna accidentalmente dejó al descubierto su seno izquierdo—. Con permiso —añadió sonrojándose; y al entrar rápidamente a su alcoba, cerró la puerta tras de sí.

¡No se ve tan mal la chiquilla!, pensó él, también sonrojándose un poco por el feliz descubrimiento. A sus cincuenta años su interés romántico por las hembras bonitas, sobre todo las jóvenes curvilíneas y frondosas como Estela, en vez de disminuirse, se había incrementado considerablemente. Bajó por la escalera y tocó a su puerta.

—Estelita —dijo melindroso—, andá a la cocina, a ver si Carilinda está allí y si no la buscás en la oficina y decile que necesito hablar con ella inmediatamente.

—Voy tan pronto me vista —prometió la joven desde el interior de su cuarto. Y temiendo que él se atreviera a entrar a su alcoba en estado de desnudez, echó llave a su puerta. Ricardo escuchó el clic de la chapa al cerrarse y sonrió pícaramente.

—¡Ojalá que no se haya ido de compras a Medellín! —dijo esperanzado en voz alta mientras subía los escalones.

¡Cómo joden estos malditos ricachones!, pensó Estela agriamente. *No la dejan a una irse a la cama antes de las once de la noche. Pero a las seis, que digo, a las cinco de la mañana, ya están jodiendo; mandándola a una a sacar la basura, que a pasear el perro, que a recoger el periódico, y a comprar leche para el desayuno de la señora. ¡Es el colmo ya! Y a la muy Caripinga ya no le gusta la leche que traen de la granja de su propiedad. Se le ha metido en la múcura que la leche debe ser pasteurizada por clínicos profesionales y no por peones brutos e ignorantes. ¡Si estará volviéndose chocha esa vieja condenada! Más tarde le pediré a don Ricardo que ordene a las dos sirvientas comenzar su turno a las seis en vez de las*

ocho de la mañana. En esa forma me quedará suficiente tiempo para mis estudios y para atender la farmacia y mis asuntos personales.

Progresivamente, Estela se había tornado en extremo descontenta con su trabajo; en gran parte debido a la actitud imperiosa y despótica de la patrona y el excesivo número de tareas que últimamente había impuesto a los tres miembros de la servidumbre. Sólo el grato prospecto de que al terminar ese año de estudios se graduaría de farmacéutica, la mantenía aferrada a su empleo.

Al cerrar la puerta de su alcoba, Ricardo se frotó de nuevo los ojos todavía adormilados y se fue al baño a enjuagarse la boca para quitarse el amargo sabor de la saliva. Al salir le extrañó sobremanera descubrir un pedazo de tela blanca aparentemente atado a uno de los tres barrotes de la ventana que daba al balcón.

¿Será que algún vergajo ladrón ha tratado de meterse por esa ventana?, se preguntó suspicaz. De pronto oyó voces en la calle y un golpe seco como el de un baúl de automóvil al cerrarse. Picado por la curiosidad, puso una silla al pie de la ventana y se encaramó rápidamente en ella para indagar qué sucedía frente a su casa. Lo que vio lo dejó más que atónito: lo hirió en lo más profundo de su corazón. Su Carilinda en ese momento se subía a una elegante limusina en compañía de un hombre a quien no logró reconocer debido a que en ninguno momento volvió su cara hacia la ventana de Ricardo. La escena lo dejó mudo y sumamente anonadado.

Una vez su esposa entró y se acomodó en el asiento delantero, su acompañante, cuya espalda y porte eran los de un hombre alto y fornido, cerró la portezuela del coche y luego con paso apresurado caminó por detrás del carro hasta meterse en el asiento del chofer, sin dar la cara de frente. En ese instante, y a pesar de la tenue penumbra del alba y de haberlo visto sólo de perfil, Ricardo por fin lo logró reconocer. ¡Sí, no había duda alguna! Era Camilo Restrepo, su viejo amigo de juergas por muchísimos años.

Aunque se había convertido en un exitoso abogado, Camilo últimamente se había dedicado a la publicación de textos comerciales y pedagógicos. Era cinco años menor que Ricardo y conocido en su entorno como el de mejor puntería en todas las armas de fuego. Ambos eran miembros fundadores del Club de Tiro de Itagüí. Ricardo tuvo que tragarse su orgullo impotente de marido cornudo ya que retar a duelo a ese rival hubiera sido equivalente a suicidarse y no estaba dispuesto a morir tan pronto.

Por pura dignidad no quiso salir corriendo e increparles el hecho de que Carilinda se fugara con él. Luego de que el coche partió quemando llantas, Salazar entonces se dio cuenta que el pedazo de trapo amarrado al barrote de la ventana era en realidad la punta de tres sábanas retorcidas y anudadas que aún colgaban de la ventana hacia fuera. En ese momento comprendió que su mujer realmente había huido con otro hombre y que el ruido del chorro en la bañera había servido para camuflar el ruido que hizo la infiel al escaparse por la ventana en vez de la puerta principal o la del garaje. ¡Seguramente había dejado el vehículo en la calle al regresar de la iglesia con el definido propósito de huir a la mañana siguiente!

—¡Qué par de malparidos estúpidos! — exclamó furioso, aunque con una extraña mezcla de resignación e indiferencia. Mientras se bajaba de la silla se preguntó si Gloria, la esposa de Camilo, estaría enterada de las escapatorias románticas de su marido con Carilinda. Probablemente lo sabía y no le importaba porque esos deslices del marido justificarían los suyos propios, ¡si lo sabría él! Sonrió con orgullo vengativo al recordar sus propias infidelidades con la mujer de su amigo; ahora doblemente su rival. De pronto escuchó a alguien tocar a la puerta. Caminó hacia allá y al abrirla se topó con Estela.

—Su señora no está ni en la cocina ni en la oficina —dijo ella, y luego preguntó—: ¿dónde más podría buscarla?

—¡Andá a buscarla al infierno! —rezongó Ricardo—. ¿No es allí donde los traidores van a pagar sus malditas cochinadas? —añadió hipócritamente, fingiendo un ataque violento de rabia y desesperación.

—¡Avemaría, purísima! —vociferó la joven asombrada mientras veloz se santiguaba—. Y ¿por qué dice eso tan feo de la señora? —preguntó compungida.

—Porque la maldita se acaba de volar con el desgraciado de Camilo Restrepo. ¡Por eso! —añadió él, esforzándose por aparecer gravemente adolorido.

—¡Ay, no, no! —dijo la joven apiadándose de la infiel—. A lo mejor se trata solamente de un malentendido.

—¡Ningún malentendido, carajo! Con mis propios ojos los acabo de ver huyendo; nada menos que en el Mercedes que le regalé para su trigésimo cumpleaños. Y no dudo que era Camilo el güevón que lo guiaba. Además, ¿por qué, en lugar de salir por la puerta principal, como todo el mundo, se escapó por la ventana? Mirá, se bajó por esas sábanas que ves allí colgadas de la reja —añadió, señalando la evidencia.

—Pues, sí —dijo Estela—, a lo mejor tiene usted razón.

Era obvio que la esposa se había fugado con otro hombre. Observando que unas furtivas lágrimas se escapaban de los ojos de su patrón, ella se acercó a él con la sana e inocente intención de consolarlo.

—Tal vez cuando ella comprenda su error volverá para explicar su acción o a pedirle perdón —apuntó con voz suave, tratando de reducir el impacto emocional que a su patrón le había causado la doble traición de su esposa y de su amigo. Mientras hay vida, hay esperanza —añadió filosóficamente mientras le frotaba suavemente el hombro y la espalda con la mano abierta. A Ricardo le pareció una caricia insinuante y luego *"el demonio de su lujuria varonil sugirió ideas pecaminosas a su corazón"*, como escribió su paisano, Vargas Vila, en *Lirio Rojo*. Tomó de repente la bondadosa mano de Estela y la besó cariñosamente. Ella trató de quitarla al instante de sus labios, pero el patrón, a su vez, la tomó rápidamente por la cintura y halándola hacia él, la apretó contra su cuerpo.

—¡Don Ricardo, no, no, por favor! —imploró ella mientras trataba inútilmente de apartar sus labios de la boca libidinosa del patrón. Pero su fuerza física no pudo separarlo de su cuerpo. Él buscó ansiosamente la nuca perfumada y sedosa y la besó y mordisqueó tierna y apasionadamente mientras ella continuaba luchando por quitárselo de una vez. Luego, cambiando de táctica, la alzó de repente en sus brazos y la cargó hasta caer los dos sobre la cama. Estela decidió no resistir más por miedo a una desfloración forzada y traumática. La convenció aún más la posibilidad de perder el empleo si continuaba rechazándolo. Estando ya a punto de graduarse, no podía quedarse sin trabajo, pensó angustiada pero decididamente pragmática. Más que aturdida, se sintió halagada por la vehemente lujuria que su cuerpo provocaba en ese hombre viril. A decir verdad, desde el primer día de su empleo, había quedado secretamente prendada de él y muchas veces hasta había fantaseado haciendo el amor en su cama a escondidas de la esposa. Pero mantuvo escondida esa ilusión, la cual consideraba deshonesta y obviamente irrealizable, en lo más recóndito de su enorme bagaje de ensueños. Lo más apetecible en él, pensaba ella cada vez que lo veía, era su pobladísimo bigote perfectamente afeitado y esculpido que adornaba su rostro varonil, sonriente y sonrosado. A pesar de su licencioso y callado embrujo, Estela nunca trató de destruir la aparente felicidad conyugal de sus patrones.

—¡No! ¡A la fuerza, no! —exclamó ella pudorosamente—. A las buenas, sí le dejaré *hacerme el amor* —añadió resignada—, pero tiene que ponerse condón pues no quiero embarazo ni tampoco me apetece contraer una enfermedad venérea.

—Tenés razón, Estelita, ¡me lo pondré! —asintió meloso, abriendo la mesita de noche donde guardaba sus preservativos para las noches cuando Carilinda se quejaba del menstruo—. Pero te quiero completamente desnuda —añadió libidinoso—. Siempre me ha gustado hacer el amor como lo hacían Adán y Eva allá en el paraíso terrenal —concluyó cínico.

La muchacha sonrió mojigatamente a la alusión bíblica y luego se entregó sin manifestar objeción alguna. Lo que tenía que pasar pasó y, luego de darse un baño en el jacuzzi junto con el seductor, bajó pensativa a la cocina a preparar el desayuno. Antes de sentarse a la mesa, Ricardo le dio una palmadita en la nalga.

—¡Ah, cariño! ¡Estabas riquísima! —suspiró el galán—. Sabías más deliciosa que este par de huevos con bistec a caballo que me has preparado —agregó con impudencia.

¡Viejo verde, sinvergüenza!, pensó la joven con cierta impaciencia. Aunque el coito, por ser de desfloración, le había causado un pequeño escozor, las hábiles caricias de Ricardo la excitaron a tal extremo que logró gozar de varios orgasmos tempestuosos, colmando así sus más íntimos e inconfesados anhelos. *¿Por qué la loca lo habrá abandonado si en la cama este hombre se comporta como un verdadero garañón en brama?*, se preguntó extrañada.

—¿Sabe usted porqué será que la doña Carilinda lo abandonó? —preguntó exteriorizando sus pensamientos.

—Yo realmente no lo sé, ¿y vos?

—Bueno, pues, tal vez sí —replicó Estela haciéndose la interesante—. Hace algunos días, mientras usted andaba en sus negocios, encontré a la señora llorando en la alcoba. Le pregunté por la causa de sus lágrimas y me respondió que había descubierto que usted tenía una amante.

—Sí, eso es exactamente lo que ella ha estado suponiendo desde hace rato —respondió él riéndose con fuerza—. Y como he rehusado decirle el nombre de la otra, es decir de *mi reina*, pues me amenazó con abandonarme e irse a la casa de sus padres en Medellín.

Por esa razón, precisamente, esta mañana pensaba sorprenderla llevándola a Cartagena a una nueva luna de miel y allí confesarle todita la verdad. Tengo dos pasajes de avión con reservaciones para esta tarde y la agencia me está consiguiendo reservación en un hotel de lujo para esta noche. Ahora tendré que llamar y cancelarlos. Eso era lo que quería decirle esta mañana para que no se fuera de compras a Medellín. Bueno, pero ya ves... Ella lo echó todo a perder. En todo caso, eso ya pertenece a la historia... —agregó molesto.

—Entonces, la señora tenía razón —dijo Estela poniéndose de pie—. Permítame que se lo diga, pero ¡usted es un cerdo descarado! —chilló con furia en la mirada.

—Así parece, ¿no es cierto? —contestó Ricardo guasonamente.

—¿Parece...? ¡Ja, ja, ja; usted mismo lo acaba de confesar! —dijo Estela con irónico enojo—. Ahora me arrepiento de haberlo dejado satisfacer sus bajos instintos con mi cuerpo virgen —añadió poniéndose de pie y tirando furiosamente la servilleta sobre el desayuno aún inconcluso del patrón.

—¡Calmate, calmate, amor mío! —suplicó Ricardo cariñosamente—. Si vos me dejaras explicarte, comprenderías la razón de mi actitud y estoy seguro de que cambiarías esa opinión tan equivocada que tenés de mí. Vos sos una mujer inteligente. Ya estás cerca de coronar tu carrera y yo tengo la esperanza de que luego de que terminés el año rural, vendrás a ponerte al frente de la farmacia. ¿No te gustaría hacer eso, preciosa muñeca? —agregó tomándole la mano.

Estela se quedó mirándolo con aire de duda. Su enojo se disipaba gradualmente al conjuro de las palabras aparentemente sinceras del boticario.

—Está bien, está bien… ¡lo escucharé! —dijo ella no muy convencida—. Y ojalá que las mentiras que me dirá... que por lo menos tengan sentido —añadió con semblante escéptico.

—Ya lo verás, preciosa, ya lo verás —dijo él empujando una silla para que Estela se sentara a su lado.

II

Mientras tanto, Camilo y Carilinda cruzaban las calles de Itagüí huyendo de quien no les perseguía, pero siempre acercándose a la carretera para Medellín. Ella, pensativa y taciturna, no había abierto la boca desde que partieron de la casa del boticario y eso agradaba al amante porque él tenía tantas cosas que decirle, pero tampoco se animaba a comenzar el diálogo porque realmente no sabía cómo hacerlo.

Después de un largo recorrido de vueltas y más vueltas para despistar al marido vengador que ellos aseguraban los estaría persiguiendo incansablemente, ingresaron a la autopista Cali-Medellín. Un vehículo moviéndose a velocidad lenta y en sorprendente zigzag los forzó a hablar.

—¿Qué le pasará a ese jediondo verraco, ah? ¿Estará borracho o drogado? —preguntó iracundo al comprobar que no podía rebasarlo.

—¡Ambas cosas, creo yo! —dijo Carilinda—. ¡Pitale duro para que se haga a un lado! —agregó impaciente.

La insistencia del claxon hizo que el vehículo se hiciera rápidamente a la orilla. Al adelantarse, Camilo miró de reojo y por un brevísimo instante observó a la persona que lo guiaba.

—¡Carajo! ¿Quién más podía ser? —dijo indignado—, ¡es una condenada *mujer*! ¡Y la muy puta va hablando muy sin cuidado por el maldito celular...!

—¡Qué! Y los hombres ¿no hacen lo mismo? —preguntó Carilinda con enojo.

—Pues, algunos sí lo hacen —gruñó él—, pero yo no lo hago Y vos ¿por qué te sulfurás?

—Porque ustedes los hombres siempre ven la paja en el ojo de las mujeres, pero no la enorme viga que llevan en el propio. Pero eso sí: por favor, no nos amarguemos la vida discutiendo por pendejadas —agregó.

—¡Convenido! —dijo Camilo, ya sosegado y feliz de haber encontrado una excusa para iniciar la conversación—. Había planeado nuestro vuelo a Cartagena para la tarde de mañana. Pero el agente viajero me dijo que todos los vuelos de mañana estaban copados. Sin embargo, para esta tarde sí había cupo. Compré los boletos de avión y como estaba seguro de que vos no querrías visitar la casa de tus papás, pues ya hice reservación para tres noches en el Hilton, a la orilla de la playa. Luego *buscaremos un rincón cerca del cielo...* como dice la canción.

—*Y haremos de las nubes terciopelo* —apuntó Carilinda, riéndose complacida—. A la casa de mis padres, ¡ni hablar! ¡ni siquiera pensarlo! —añadió categóricamente—. Si al saber que me fugué contigo mamá me dejara viva, papá me daría el tiro de gracia. Para ellos el verraco del Ricardo es el marido ideal y el hombre perfecto. ¿Me entendés, ahora?

—Claro que te entiendo. Bueno pues, siendo así, esta noche, amorcito de mi vida, la pasaremos juntitos y bien, bien pegaditos. A menos que tu cornudo marido venga hasta Medellín a buscarte y a reconquistarte antes de que despegue el avión.

—¡No te preocupés por él, cariño! —dijo la infiel—. No vendrá, eso te lo puedo asegurar. Él estaba ya tan cansado de mí como yo de él. Imaginate que el muy estúpido desde el día en que nos casamos me ha venido exigiendo que tuviéramos varios hijos y en plena luna de miel me ordenó que no tomara más pastillas anticonceptivas. Yo, preñada a los treinta, ¡ni loca! —compartió furiosa y luego agregó—: Además, recientemente tuvo el descaro de confesarme que, efectivamente, tiene una amante, una hembra de noble estirpe, es decir una *reina muy querida por él* y que por estar hospedada en la granja la visita todos los días. Pero no me quiso decir su nombre, ni decirme si es joven y bonita, o mejor que yo, o de dónde viene o qué... Por eso decidí dejarlo de una vez por todas, fugándome con vos. Ojalá que Gloria te deje libre pronto y la muy pendeja no te vaya a negar al divorcio.

Camilo no quería discutir los problemas que resultarían de su ruptura conyugal. Decidió proseguir con el tema de la infidelidad de su rival.

—Permitime que te lo diga, pero yo creo que tu marido necesita ver un siquiatra. ¿Cuándo comenzó a intimar que tenía amores con una hembra de sangre azul?

—Hace como dos meses vino con la historia de haber sido torturado por los paracos. Me dijo que lo habían vapuleado y luego obligado a meterse en una olla llena de agua hirviendo. Al reírme de su tragedia, se bajó los pantalones y me mostró las nalgas enrojecidas como fresas maduras. Y además tenía una herida en la frente. Luego añadió que todas esas torturas las había sufrido por el amor a *su reina*.

—Todo eso me suena muy extraño —comentó Camilo, frunciendo el ceño—. Definitivamente debía de buscar ayuda profesional. ¿No se lo sugeriste?

—¡Claro que sí! Pero se rió en mis propias narices y me respondió que era yo la que sufría de locura; aunque ciertamente su romance con una reina a mí me sonaba muy inusual.

—Su *reina* querida tiene por fuerza que ser muy joven y muy bonita, además de ser de sangre azul —aseveró Camilo con disimulada envidia—. A su edad ya no buscan viejas feas sino jóvenes lindas, ardientes y complacientes.

—¡Pues que le aproveche! —replicó Carilinda con cólera.

III

Ricardo, mientras tanto, había tomado el último sorbo de café. Luego de limpiarse la boca y el frondoso bigote con la servilleta, la dobló y la colocó ceremoniosamente al lado del plato vacío.

—Lo escucho —dijo Estela sentándose a su lado y poniendo la quijada sobre su mano abierta en actitud expectante.

—Hace seis meses viajé a Nicaragua para concurrir a una feria internacional de ganado en la ciudad de Granada —comenzó el amante—, y allí me enamoré de una linda novilla de año y medio...

—Se enamoró... ¿*de una vaca*? —interrumpió la sirvienta carcajeándose.

—¡Sí, exactamente, me enamoré de una vaca! Pero no *de una vaca cualquiera*, como dice la canción. ¡No señorita! Mi novilla es de la raza Hereford. Esas vaquillas son excelentísimas para la reproducción y también para la producción de leche. ¡Si vieras las enormes ubres que tiene! Me trajeron a la memoria las de Sofía Loren en su juventud. En todo caso, el veterinario me recomendó que la mantuviera apartada de los semovientes machos para evitar que algún toro verriondo la preñara con un crío ordinario. Por ser inglesa y de noble estirpe, le puse por nombre Reina Isabel. Y alerté a Joaquín Perla, mi mayordomo, para que me informara tan pronto diera muestras de estar en el estro. Hace unos dos meses, Lucinda, la esposa de Joaquín, me llamó, pero no para decirme que la Reina Chabelita, como todos la llamamos cariñosamente, estaba menstruando sino para informarme que se había escapado del corral, probablemente en busca de las ardientes caricias de un toro verriondo. Sin embargo, en ese momento tanto Perla como los dos peones no podían salir a buscarla por estar los tres en cama enfermos con la influenza. Así que me tocó ir en búsqueda de la Reina. Me puse un traje de lona de esos de camuflaje que usan los militares y me colgué el fusil al hombro.

—Y ¿para qué el fusil y el uniforme? —preguntó Estela extrañada.

—Para defenderme en caso de que me saliera un tigre y tratara de almorzarme.

—Pero aquí en la casa, en los dos años que llevo, no he visto ninguna arma ni uniformes tampoco —dijo Estela.

—Ciertamente, no me gusta mantener armas dentro de casa, pero siempre llevo un revólver escondido bajo la ropa. Pero dejame continuar mi relato. Más bien, dejame decirte que un militar, amigo mío, que murió en combate con la guerrilla de las FARC, me heredó ese uniforme de campaña y el arma también. Luego que la viuda me los envió, los guardé en la oficina de la granja. Nunca había tenido ocasión de usarlos ni tampoco tenía intención de hacerlo. Bueno, pues, luego de buscar largamente a mi Chabelita por varias horas entre los pastizales, buscando estiércol fresco que me indicara la ruta de su paso, decidí probar suerte internándome en la selva tupida. Al momento que atravesaba un arroyo escuché el ruidoso ronroneo de un pequeño avión que volaba a nivel de la copa de los árboles y en círculos concéntricos como si estuviera buscando algo dentro del monte. En su exterior se veían claramente las siglas de la DEA. Yo continué mi camino entre el tupido breñal mientras me preguntaba qué diablos buscarían los que volaban en el aeroplano, ¿drogas o a los traficantes? Luego de pasar sobre otro arroyuelo, oí voces humanas, pero no las podía entender porque se confundían con el murmullo musical del agua. Continué mi camino haciendo mugidos similares a los de los toros en celo con la esperanza de que mi Reina, ansiosa de las caricias taurinas, viniera hacia mí y poderla capturar. Muy pronto divisé un reducido claro del bosque convenientemente cubierto por la espesa capa de los árboles y en el que pululaban varios hombres. Todos vestían uniformes militares muy similares al mío en su camuflaje y llevaban las siglas de las AUC en las mangas del uniforme. *¡Son paracos!*, me dije. Observé que todos estaban fuertemente armados. Algunos de ellos iban y venían cargando cajas de cartón, llevándolas desde una minúscula choza cubierta por un techo de hojas verdes hasta una volqueta cubierta. Al momento descubrí a mi Chabelita atada a un arbusto frente a un montón de leños apagados. Me acurruqué detrás de un árbol, esperando ansioso que se abriera una oportunidad para liberarla. Luego me sorprendió ver que sobre otro arrume de leños estaba suspendida una olla negra, aparentemente de metal. *Estos desventurados paracos*, me dije con gran inquietud, *están planeando almorzar con las carnes de mi vaquita*. Me mantuve quieto y a la expectativa. De repente sentí algo frío contra mi nuca… algo que me hizo temblar. Era la boca helada del cañón de un fusil.

—¡Levantá las manos, espía jediondo! — ordenó detrás de mí el que me encañonaba mientras descolgaba el arma de mi hombro—. Y las ponés bien juntitas sobre la cabeza. Caminá pa'lante, muy despacito, y no tratés de juir porque te quiebro el culo diún balazo.

Hice lo que se me ordenaba y ¡cosa curiosa! al verme pasar frente a ella, la Chabelita mugió tristonamente como si en su idioma vacuno tratara de pedirme auxilio...

—¿Usted habla inglés? —preguntó Estela riéndose.

—No —dijo Ricardo—, ¿por qué?

—Porque a lo mejor el mugido era en la lengua castiza de Shakespeare. Como su Reina es inglesa... A lo mejor le quiso decir: ¡*Hey! You! What's up*?

—¡Muy chistosa, la niña! —comentó el boticario riéndose y meneando la cabeza—. ¡Déjame continuar que esto va para largo! —suplicó y continuó su relato—: ¡Esa vaca es mía! —grité indignado.

—¡No me diga! —chistó el desgraciado que caminaba detrás de mí—. Nos va a doler mucho ¡caray! pero vamos a destazarla tan pronto hayamos terminado la misión y nos la comeremos antes de marcharnos. Si te portás bien —agregó socarronamente—, pues a lo mejor te invitamos al ajiaco —y diciendo esto soltó una insolente carcajada. Yo ni comenté ni celebré su hilaridad grotesca. Luego me empujó dentro de la choza de paja donde un hombre joven de aspecto severo estaba sentado en una banqueta junto a varias cajas de cartón sobre las cuales se encontraba un ordenador portátil. Al ingresar nosotros, suspendió el tecleo y alzó su mirada severa para escudriñarme.

—Comandante Fermín —dijo mi captor saludando—, acabo de pillar a este... vergajo agazapao detrás diún palo 'e caoba.

—Y ¿qu'estaba haciendo? ¿Cagando? —preguntó soezmente el comandante paraco.

—A mí se miace que nos estaba espiando para los faracos...

—Pues revisale los bolsillos, Calderón, a ver si porta alguna identificación —ordenó el comandante.

En ese instante me di cuenta de que había dejado mis documentos de identidad en mi ropa de civil. Después de sacarme todos los bolsillos y dejármelos por fuera, el secuaz dijo triunfalmente:

—Mi comandante, le hayé un carné del ejército con el nombre de Aureliano Buendía Buendía, teniente de primera clase.

—Ese era el nombre del que me legó el uniforme —expliqué con aplomo—. Mi nombre es Ricardo Salazar Buitrago y soy farmacéutico y comerciante de Itagüí. Nunca he servido en el ejército. Tanto el uniforme como el fusil me los dejó de herencia un teniente amigo que murió combatiendo la guerrilla. Por cuatro años fuimos compañeros en la universidad. Hoy simplemente estaba buscando esa vaca de pura sangre que se me ha escapado de mi granja y como mis empleados…

—Y ¿no me vas a decir también que sos primo de Gabo y que naciste en la aldea de Macondo? —me interrumpió el jefe en son de guasa, aludiendo a Gabriel García Márquez, al personaje Aureliano Buendía y a su mítica aldea. Calderón celebró el chiste del jefe riéndose a mandíbula batiente, tal vez para congraciarse más con él.

—Lo que le he dicho es la purísima verdad y solamente la verdad, comandante —dije secamente.

—¡Dejá ya esa cagarruta de mentiras! —me dijo y luego se dirigió a su pelele—: Amarralo ay a esa silla y dale una *interrogadita*, hasta que te cante como Claudia de Colombia —le ordenó guiñándole el ojo y ominosamente puso su escuadra sobre el improvisado escritorio.

—Yo tengo una ideya mejor, mi comandante, si me lo permite —dijo el pelele de Calderón—, pues como él alega que la vaquita es de su propiedá ¿por qué no los sancochamos a los dos juntos?

—¡Hacé lo que te venga en gana! —dijo el jefe con desgano y cruel indiferencia. El desgraciado lambido me ató las manos a la espalda y luego de llamar a tres de sus compañeros me cargaron hasta embutirme en la olla medio llena de agua fría. Yo, como era lógico, resistí enérgicamente sus malvadas intenciones, pero después de un largo forcejeo me di por vencido y, rabiosamente, me acomodé en el perol. Luego que encendieron la leña, el agua comenzó a calentarse progresivamente y mis nalgas también. Entonces me di cuenta de que el artefacto culinario colgaba de una cadena, cuyos extremos estaban amarrados a la rama de un árbol grande y a la unión de dos ramas de un pequeño arbusto al cual también estaba atada mi Reina. Para completar mi martirio, el humo exuberante y acre que producían los leños encendidos me enceguecía. Traté de no inhalarlo, pero me fue imposible evitarlo. Con los ojos llorosos, llamé a gritos a Calderón y le imploré que apagara el fuego porque el humo no solo me estaba ahogando. sino que me estaba dejando ciego.

—¡Dejá de llorar como mariquita! —me replicó ásperamente.

De repente sentimos el estruendo ensordecedor de un avión que pasaba rozando la copa de los árboles.

—¡Todos al suelo, carajos! —gritó Fermín y todos los uniformados al instante obedecieron la orden.

Una bomba cayó a unos cincuenta metros de distancia de mi suplicio. Al verla caer yo me agaché lo suficiente para que la olla me protegiera. El artefacto explotó inmediatamente haciendo pedazos a muchos de los hombres que iban o venían de la volqueta. Fermín y Calderón y otros de sus secuaces corrieron hacia el vehículo, probablemente con la intención de escapar. Pero otro mortífero proyectil cayó más cerca de mi olla y explotó sobre ellos. Una esquirla del artefacto me hirió en la oreja derecha y otras causaron heridas a mi Chabelita en la nuca y en varias partes de su cuerpo. Cuando saqué mi cabeza de la olla y me vi sangrando profusamente, creí que allí moriría en ese instante. Sin embargo, la ola expansiva de las explosiones hizo tambalear a la olla y la mitad del agua se derramó. Traté frenéticamente de salirme del recipiente metálico porque al reducirse el líquido las llamas lo calentaban más rápidamente y mis nalgas comenzaban a sudar caldo de ancas de boticario. Mientras tanto, mi Reina, retorciéndose de dolor, tiraba desesperadamente del arbusto con toda la fuerza que le daba el sufrimiento causado por las heridas y el espoleo instintivo de la supervivencia. De repente las raíces del arbusto cedieron y al caer a un lado de la olla, la volcó por completo. El agua apagó los leños y yo, por fin, logré salirme del perol. Me hice añicos para soltar mis manos y pronto logré liberarme de las ataduras. Después de haber inspeccionado los efectos de la horrenda carnicería me convencí de que todos los paracos habían muerto, destrozados por las bombas. Solté a mi Chabelita del arbusto y la conduje a la volqueta. Afortunadamente, las llaves del vehículo se encontraban sobre el asiento delantero. *Pero ¿qué tendrán las cajas?*, me pregunté, sospechando que estarían llenas de droga ilícita o de municiones. *En cualquier caso*, me dije, *primero tendré que deshacerme de ellas antes de marcharme.* Abrí la primera y por poco se me escapan los ojos de sus órbitas. Luego comprobé que las siete cajas estaban repletas de paquetes de billetes de cien dólares. La choza estaba ya destruida por las llamas y no me pareció ni prudente ni oportuno averiguar si había más dinero por encontrar. Subí a mi Reina a la volqueta después de cubrir el preciado tesoro con una pieza grande de lona que tenía el vehículo. Salimos por una angosta brecha trillada. Manejando sin rumbo sobre pastizales logré encontrar un camino rústico que me condujo a una vía mejor. Varios minutos después divisé un contingente militar que, en fila india, marchaba en dirección contraria. Al toparnos, el comandante me hizo señas para que me detuviera. Temblando de miedo, prudentemente obedecí al instante.

—Paisa, ¿qué le pasó a su vaquita? —me preguntó amablemente aunque con aire serio.

—La muy bruta se escapó del corral de mi finca y se fue en busca de diversiones *libidinosas* —contesté riéndome mientras fingía un aire desenfadado. La tropa respondió con grandes carcajadas.

—¿Y todas esas heridas? —inquirió suspicaz.

—La pobrecita cayó de cabeza en un barranco lleno de zarzales —le expliqué dolosamente.

—Esa vaca es de raza Hereford, ¿no es así? Yo sé que cuestan un jurgo —me dijo—. ¿Cuánto le costó, se puede saber? —inquirió con aire de sospecha. Suponía quizás que me la había robado.

—Ochenta y cinco mil córdobas, capitán. Por allí unos cinco mil dólares —dije—. Pero este animal vale lo que pesa.

—Sí, ciertamente. Supongo entonces que la compró en Nicaragua.

—Efectivamente —le dije mientras ponía el vehículo en marcha—. Bueno, señor capitán, me urge llegar a la finca a curarla. ¡Que les vaya bien, adiós!

—Adiós, adiós, adiós, adiós —respondieron los soldados.

Yo, por fin respirando tranquilo, empujé el pedal de la gasolina hasta su tope. Al llegar a la hacienda se me informó que mis empleados continuaban afiebrados. Ordené a Lucinda que me ayudara a curar las heridas de la Reina porque ya sentía por ella un inmenso agradecimiento. Y era lo justo pues si ella no hubiera arrancado el arbusto, yo podría haber muerto asado en el perol y si ella no se hubiera escapado de mi finca pues no podría haberme convertido en millonario de la noche a la mañana, aunque su huida realmente puso mi vida en serio peligro. Una vez terminamos, Lucinda preparó el almuerzo mientras yo, encerrado con llave en mi oficina, contaba los fajos de billetes gringos, producto seguramente del narcotráfico. No me sentí obligado a notificar a ninguna autoridad porque estaba seguro de que se hubieran quedado con el botín entero sin participarme ni siquiera el uno por ciento. Pero no sabía qué hacer con todo ese jurgo de dinero, así que lo guardé en un lugar secreto dentro de la oficina de la granja, a la espera de que pronto se me ocurriría algún plan para utilizarlo. Como me preocupaba la salud de mi Reina, la visitaba a diario. Di órdenes para que la trataran con todas las consideraciones acordes a un ser humano especial; y además que la alimentaran con heno fresco todos los días y la bañaran con agua tibia y jabones perfumados. Más aún, que desde ese día deberían tratarla como si efectivamente fuera la Reina

Isabel y que si mi esposa preguntaba por ella se negaran a hacer comentarios de cualquier índole o a dar cualquier información sobre su identidad y naturaleza. Y ¡esa, dulce amor mío, es toda la verdad! Carilinda comenzó a dudar de mi fidelidad conyugal cuando empecé a viajar todos los días a la granja. Al mes siguiente, Isabelita perdió su virginidad con un toro semental de su propia raza y las pruebas de embarazo han dado positivas. O sea que ya comencé la crianza de ganado de pura sangre. Ahora, Estelita, ¿querés casarte conmigo?

La joven se asombró ante la insólita e inesperada proposición. Meditó un poco y luego dijo:

—Antes de contestar su pregunta quiero saber por qué no quiso decirle la verdad a su esposa —luego añadió filosóficamente—: ¡porque cuando no hay confianza en un matrimonio no puede haber amor!

—Vos tenés razón —asintió Ricardo—, pero debo decirte que Carilinda padece del *síndrome de indiscreción terminal*. Ella es tan infantil e irresponsable que estoy más que seguro que hubiera volado a contarles sobre el botín, no solo a mis suegros sino al resto de la tribu hasta que lo supiera todo Medellín. Como vos sabés, en esta época es extremadamente peligroso hacer alarde de tener mucho dinero al alcance de las manos porque antes de que te caigan los personeros de impuestos, te plagian los que viven del negocio del secuestro. Y tengo que advertirte que si no querés casarte conmigo tendré que eliminarte aquí mismo y en este mismo momento, pues vos ya conocés mi secreto multimillonario y me podrías traicionar —agregó serio al tiempo que desenfundaba su pistola.

—Primero tendría que divorciarse, ¿no? —preguntó Estela un poco nerviosa, tratando de retrasar la decisión.

—¡Por supuesto! Pero yo exijo tu respuesta ya, ¡en este momento! —dijo el boticario tajante—. Si aceptás, te quedarás a vivir aquí, como lo has hecho hasta ahora, para salvar las apariencias. Por un corto plazo, es decir mientras se tramita el divorcio que no puede ser largo porque es obvio que Carilinda es culpable de abandono del hogar.

—¿Y mi carrera de farmacéutica? —preguntó Estela con preocupación.

—No habrá ningún problema, preciosa —le aseguró Ricardo—. Las sirvientas se encargarán de todos los oficios de la casa. Vos continuarás tus estudios y trabajarás algunas horas en la botica para tu práctica de supervisión.

La joven permaneció en silencio por unos minutos. Luego dijo con voz decidida:

—Acepto casarme con usted, pero con dos condiciones.

—Y ¿cuáles son? —preguntó el seductor.

—Que las sirvientas que usted contrate de hoy en adelante sean mayores de *cincuenta años* y que yo no sea menos importante para usted que su Reina Isabel.

—Acepto —declaró Ricardo con afectada solemnidad—. Ahora yo pongo mis condiciones.

—Lo escucho —dijo Estela poniendo una cara de absoluta seriedad.

—Primero, tenés que comenzar a darme una prole de por lo menos tres hijos tan pronto nos casemos; segundo, no revelarás a nadie el secreto que te he confiado, que ahora es *nuestro* secreto. ¿Aceptás las condiciones?

—Un momento —dijo ella—. Tendré que notificar primero a mis padres sobre su propuesta de matrimonio. Además, yo *todavía* tengo novio. Se llama Porfirio Ruborosa y vive en Envigado. ¿Cómo voy a deshacerme de él, así porque sí? —preguntó angustiada.

—Llamá a tus papás hoy mismo y deciles que pronto iré a Pereira a conocerlos y a pedir tu mano. En cuanto al tal Ruborosa, decile que el fuego de la pasión que sentiste por él ya se apagó irremediablemente. ¡Que se olvide de vos para siempre! Ahora, decime, ¿aceptás de una vez por todas? —preguntó impaciente.

—¡Acepto! —declaró Estela con una sonrisa triunfante. Luego sus labios se apretaron contra los de él en un apasionado beso.

—Esta noche la pasaremos juntitos y pegaditos en la famosa Cartagena de Indias —prometió Ricardo apretujando a Estela contra su cuerpo—. *¡Mil gracias, Carilinda, ¡por este maravilloso regalo de divorcio!* —exclamó cínicamente y luego exhaló un suspiro de liberación.

El teléfono comenzó a sonar y Estela lo levantó.

—Familia Salazar, ¿en qué puedo servirlo?

—¿Con quién hablo?

—Con la… sirvienta —contestó con fingida indecisión mientras guiñaba el ojo a su prometido—. Y usted, ¿quién es?

—Soy el gerente de la Agencia de Viajes Paisa. Infórmele al doctor Salazar que le he conseguido una habitación en el Hilton de Cartagena para tres noches. Que el hotel es ideal para la sorpresa que él planea hacerle a su esposa. Además, estoy seguro de que le encantará el lugar pues está frente a la playa y, además, es un elegantísimo hotel de cinco estrellas.

—Se lo diré en este instante —prometió sonriendo la futura esposa.

Tan pronto colgó el aparato, sonó el timbre de la puerta principal. Estela abrió y se topó con las domésticas.

—¿Qué te pasa, mi linda? —preguntó curiosa Rutila—. ¡Te ves tan emocionada y sonrojada que cualquiera diría que tu enamorado por fin se decidió a proponerte matrimonio!

—¡Vos sos clarividente o qué! —exclamó Ricardo—. Su novio precisamente acaba de pedírselo por teléfono y esta noche se la llevaré a su casa en Envigado —añadió astutamente para mantener en secreto el romance en ciernes.

Carmen, la otra sirvienta, se acercó a Estela para felicitarla por la gran noticia.

—En nombre mío y el de Rutila le deseamos una boda feliz! —dijo emocionada.

—¡Mil gracias, compañeras! —respondió la felicitada.

—Estela y yo iremos por su novio a Envigado —dijo el boticario prosiguiendo la farsa—, y de allí nos iremos a la casa de sus papás en Pereira a pedir su mano. Mientras tanto ustedes estarán gozando de vacaciones hasta que regresemos el lunes. Vengan conmigo a la oficina y les pagaré los tres días.

Una vez los dos se quedaron solos en el despacho, Ricardo le dijo a su nuevo amor en voz baja:

—Antes de irnos al aeropuerto, pasaremos por la granja. Es que quiero mostrarte dónde tengo escondida la guaca y también llevarnos unos diez mil dólares para no tener que usar mi tarjeta de crédito en Cartagena.

—También me gustaría que me presentaras a la Reina Isabel; al fin y al cabo, vamos a ser amigas y rivales —acotó Estela haciéndose la chistosa. Espero que su agenda de visitas no esté copada —añadió riéndose.

—La soberana estará encantada de conocerte. Y da la casualidad de que conozco a su secretaria de relaciones públicas. Ella hará las presentaciones protocolares —replicó el enamorado siguiéndole la cuerda.

Cuando ya estaban cerca de la granja, Estela preguntó con aire de sospecha:

—¿Está seguro, don Ricardo, que ninguno de esos billetes es falsificado? Usted sabe que la falsificación de dólares y euros es una de las industrias más productivas que tenemos en Colombia.

—¡Lo sé, lo sé! Y vos tenés que acostumbrarte a vosearme. En cuanto a mis dólares, yo estoy segurísimo de que son legítimos porque ya he cambiado varios miles de ellos en Medellín, Cali, Barranquilla y Bogotá. Ningún banco o agencia de cambios los ha rechazado. Ciertamente, tu pregunta es muy inteligente, preciosa, y tu comentario es desgraciadamente acertado. Y debo decirte que ya he realizado múltiples depósitos en varios bancos del país para no mantener dinero en la granja.

IV

Mientras hacían cola para registrarse en el Hilton, Estela vio a Carilinda saliendo del elevador del brazo de Camilo. Por su elegante atavío, era obvio que se dirigían a una discoteca o a lo mejor a un restaurante de lujo. Instintivamente se escondió con rapidez tras la espalda de Ricardo.

—¡Qué mala suerte, don Ricardo! —le susurró temblando al oído—, su mujer y su rival también están hospedados aquí. Y allí van para afuera. No vuelva la cara porque nos van a reconocer.

—¡Pues que nos reconozcan, carajo! —exclamó Salazar con aire molesto—. ¡Me importa un cojón qué hacen o qué no hacen! Yo no soy el culpable del abandono; fue ella la que me abandonó —agregó bajando la voz para que los demás huéspedes en la cola no se enterasen de sus problemas maritales.

Camilo volvió a mirar hacia atrás para asegurarse de que su vista no lo engañaba.

—Creo que tu marido y Estela, tu sirvienta, están haciendo cola para registrarse —dijo de lo más casual.

—¿En este hotel? —preguntó extrañada la infiel.

—¡Por supuesto! Los acabo de ver, estoy segurísimo.

—¡Qué descaro! Y ¿con esa desgraciada? ¡Pero no me extraña! Al fin y al cabo, ella es de Pereira y, ¿no has oído decir que las pereiranas son putas calientes y medio sordas? Que cuando un hombre les dice que se sienten... ¡ellas se acuestan!

La infiel no podía creer que su esposo mujeriego en menos de doce horas ya la había cambiado a ella, miembro del poderoso clan Uribe-Wilches, por una simple sirvienta. Se sintió totalmente humillada en su dignidad.

—Sí, lo he oído —afirmó Camilo riéndose—. Pero a vos, ¡qué te importa! —refunfuñó dolido—. Vos escogiste tu camino; él escogió el suyo. ¿Con quién? Ese es problema de Ricardo y no tuyo. Además, ella es una muchacha joven y hermosa; y educada en una profesión afín a la de tu marido.

—Lo entiendo —dijo Carilinda carilarga—. Lo que me sulfura es que estoy casi segura de que ese par de desgraciados tenían su romance bien guardadito desde hace mucho tiempo. Y lo de la famosa *reina* no fue más que un cochino pretexto para que yo me llenara de celos y lo abandonara; dejándolos libres para hacer los que se les viniera en gana. ¡Los malditos sinvergüenzas!

—Si tienes dudas de que quieres casarte conmigo, andá ya y pedíle perdón de rodillas de una vez por todas. Así, nos decimos adiós ya ¡aquí mismo! —dijo Camilo con firmeza.

—¡Eso jamás va a suceder, querido! —afirmó Carilinda—. Ya he echado mi suerte con vos y espero que Dios nos ayude a encontrar nuestra propia felicidad.

—¡Así lo espero yo también! —apuntó el amante, apretándola cariñosamente contra su cuerpo.

El botones abrió la portezuela del taxi y con un gesto silencioso invitó a la pareja a subir.

—¿A dónde van los señores? —preguntó el chofer mecánicamente.

—¿Sabe dónde está el night-club La Mosca Muerta?

—¡Sí, señor! ¿Ha estado usted allí, señor?

—¡No, nunca! Hace algunos años estuve trabajando aquí por unos seis meses. Es decir, cuando la industria turística estaba aún en pañales pero el tráfico vehicular no era tan malo como ahora —respondió Camilo con un destello de nostalgia en la mirada.

—¿Por qué le ha preguntado si ya lo conocía? —Carilinda inquirió suspicaz.

—Creí que quizás llegó a conocer el viejo club. Ha sido renovado y ampliado al doble de su tamaño anterior —respondió locuaz el taxista—. Lo abrieron hace un par de semanas. Si quieren que yo los traiga de regreso al hotel; háganme saber su nombre y yo le diré al portero que les indique que ya los estoy esperando.

—¡Me parece una magnífica idea! —dijo Camilo celebrándolo—. Creo que... tres horas serán suficientes. ¿Verdad, amor?

—Claro —Carilinda asintió secamente—. Pero no nos vaya a dejar esperándolo. Son las ocho y media. Estaremos listos a la medianoche en punto.

De pronto el par de enamorados divisaron la enorme marquesina multicolor con una mosca negra que subía y bajaba a zancos por entre los bombillos de su alumbrado caleidoscópico. Definitivamente, no parecía una mosca muerta.

—Y ¿su nombre, señor? —preguntó el chofer mientras mantenía abierta la portezuela del taxi para que saliera la dama.

—Soy el doctor Camilo Restrepo —respondió pomposamente, igual que otros colombianos que tanto gustan de hacer ostentación de sus títulos académicos para darse mayor importancia.

—Claro, doctor Restrepo. Para no olvidarlo, lo escribiré inmediatamente en mi agenda —dijo el chofer acomedidamente.

—¿Y el suyo? —inquirió Carilinda.

—Rolando Blanco, para servirle... —respondió el chofer al instante.

Tan pronto la pareja ingresó al vestíbulo, una linda joven morena, ataviada con una minúscula minifalda y una blusa deliciosamente transparente, los recibió con mucha afabilidad.

—Mi nombre es Silvia —se presentó— y esta noche yo soy la anfitriona de turno. ¿Ustedes vienen en grupo? —preguntó.

—No, solamente mi novia y yo —respondió Camilo.

—En este momento no tenemos cubículos para dos personas solamente —dijo cortésmente—. Les podría dar uno para cuatro —agregó—, pero si viene otra pareja sola yo les preguntaré a ustedes si desean compartirlo con los recién llegados. ¿Están de acuerdo?

El doctor Restrepo asintió con un leve movimiento de su cabeza.

—¡Síganme por favor! —dijo la anfitriona.

Una extraña premonición se apoderó de la mente de Carilinda. ¿Qué sucedería si Ricardo y Estela se aparecieran y los metieran en su cubículo? Se preguntó en silencio mientras un siniestro temblor se apoderaba de su espina dorsal. No sabía cómo podría reaccionar si eso llegara a ocurrir. Conociendo la sempiterna inclinación de Camilo por la diplomacia, estaba segura de que no pondría reparos en sentarse a la mesa con su peor enemigo si la situación así lo requería. Además, Camilo y Ricardo habían sido amigos entrañables por muchos años y esa amistad ningún lío de faldas podría destruirla. *Mantendré los dedos cruzados*, se dijo finalmente, *pero me marcharé al instante si lo que más temo llegara a suceder.*

Durante más de media hora los amantes se dedicaron a bailar los suaves boleros románticos que la orquesta tocaba. Y, naturalmente, también a acariciarse y besuquearse desenfrenadamente en la incitante intimidad que proveía el cubículo a media luz. Cuando sus mutuos deseos carnales se aproximaban al punto álgido de donde ya no hay regreso; alguien tocó a la puerta.

—¿Quién… es? —preguntó el galán con voz jadeante.

—La anfitriona —anunció Silvia—. Vengo a decirles que ha llegado una pareja que gustaría compartir el cubículo con ustedes. Son ellos aproximadamente de la misma edad que ustedes. ¿Los hago pasar?

—¡Por supuesto! —dijo Camilo. Por favor, ¡hágalos pasar!

—¡Dame un minuto, por favor, querido! —suplicó Carilinda mientras extraía su estuche de maquillaje y algunos pañuelos desechables de su bolso de mano. Después de borrar rápidamente de su rostro los vestigios del tórrido besuqueo, aplicó polvos a su cutis y *rouge* encendido a su boca seductora. Mientras se retocaba, quiso objetar con vehemencia la irritante frivolidad de su hombre, pero calló. Esperando estar equivocada, dijo triunfante—: ¡Entren, por favor!

Los recién llegados hicieron a un lado la cortina de seda que cubría la puerta y entraron tomados del brazo. La penumbra del cubículo no impidió que los cuatro se reconocieran instantáneamente y que la insólita sorpresa los petrificara al momento.

Restrepo se puso de pie y ofreció su mano a Estela y Ricardo. Con la otra mano, y sin decir palabra, trató de instigar a la silente Carilinda a seguir su ejemplo. Obligada por la circunstancia, su amada extendió su mano y estrechó tibiamente la de su esposo y la de su rival.

De repente, ambas damas se levantaron con la obvia intención de abandonar el cubículo. Sus amantes las tomaron por los brazos y las hicieron sentarse de nuevo sobre los mullidos asientos.

Carilinda, sin embargo, se resistió.

—¡Yo no me sentaré a la mesa con una *puta sucia*! —gruñó agriamente mientras de nuevo intentaba ponerse de pie. Estela, aunque indignada por el insulto, permaneció discretamente callada.

—Sentémonos todos y actuemos como personas civilizadas —sugirió Ricardo en voz calmada—. Y, por favor, permanezcamos tranquilos y además respetuosos de todas las personas presentes —suplicó mesuradamente.

—¿Qué tal estuvo el vuelo de ustedes? —preguntó Camilo con la obvia intención de romper el hielo de la conversación.

—¡Fantástico! ¿Qué están bebiendo? —preguntó Ricardo—. Aunque a Carilinda le encantan las margaritas, pero con aguardiente bogotano en vez de tequila.

—Eso es exactamente lo que ha estado bebiendo. Yo prefiero escocés con soda en las rocas. Y vos, Estela ¿qué querés?

—Ron Viejo de Caldas con Coca-Cola. ¡Cargadito, por favor!

—Yo prefiero *brandy* puro —dijo el boticario.

Camilo presionó el botón eléctrico que llamaba al camarero. Cuando éste se apareció, Ricardo ordenó una nueva ronda de bebidas. Al servirlas, el empleado anunció que dentro de unos minutos serviría la cena que Camilo había ordenado.

—Cualquiera que sea el menú, sírvalo en doble, por favor —dijo el farmaceuta.

Después de varias rondas de bebidas y de una cena de deliciosos y abundantes manjares, las dos parejas continuaron charlando y ocasionalmente bailando algunas piezas románticas y alguna que otra obra musical del extenso folclor colombiano. La conversación se tornó picaresca. Carilinda, sin embargo, se mantuvo callada y pensativa y obviamente malhumorada. Su rival, sin embargo, se reía a mandíbula batiente y en varias ocasiones relató algunos chistes picantes de su propia cosecha. Involucrados en esa charla amistosa, el tiempo voló raudo para todos mas no para la esposa infiel, para quién el reloj se movía con velocidad tortuguesca. A menudo observaba su elegante reloj de pulsera con mirada impaciente. De repente extrajo su celular del bolso.

—Voy a llamar a mamá —anunció. Los demás permanecieron deferentemente callados mientras ella contactaba a su progenitora.

—¡Hola, mami! Te estoy llamando desde Cartagena. ¡Sí, mamá! Con Ricardo y… algunos amigos. Todos estamos bien…. Te llamo para preguntarte como estás vos y papá. ¿Dormido? ¿Yo los desperté…? Discúlpame, mamita, pero no me di cuenta de que ya era hora de que estuvieran acostados. ¡Volvé a dormirte, mamá! Besitos para vos y para papi. ¡Chau!

—Un taxi nos vendrá a recoger a las doce y nos iremos derechito para el Hilton —dijo Camilo, una vez Carilinda colocó en su bolso el celular—. ¿Les gustaría acompañarnos? —preguntó a modo de invitación.

—¡Pero por supuesto! —exclamó Ricardo—. ¡Muchísimas gracias por invitarnos a compartir el vehículo! ¿Qué te parece, cariño? —preguntó a su prometida. Ésta asintió con un leve movimiento de cabeza.

Carilinda se puso de pie.

—¿Me querés acompañar al tocador? —preguntó con voz glacial a su exmucama.

—¡Encantada! —respondió Estela tomando su bolso para abandonar el cubículo.

—Mientras ustedes visitan el tocador; nosotros visitaremos el baño —anunció Ricardo riéndose—. Luego nos encontramos, frente a la caja registradora —agregó tomando a su amigo y rival por el brazo.

Camino al retrete, los dos hombres no cruzaron palabra alguna. Mientras tanto, ya dentro del baño, Estela dijo en tono apologético:

—Siento mucho que su matrimonio haya llegado al fracaso en esta forma. Nunca fue mi intención hacerles daño, pero usted al huir con otro hombre dejó la puerta abierta para que su marido despechado se echara en los brazos de otra mujer. Se sentía tan herido que tan pronto tuvo conocimiento de su infidelidad, me propuso matrimonio y yo con cierta renuencia acepté. Pero es que no me dejó alternativa, pues me amenazó con matarme si no lo aceptaba.

—¿Realmente te amenazó de muerte? ¿Por qué? —la esposa infiel preguntó incrédula.

—Bueno, esa es una historia muy larga y si él no se la cuenta, yo lo haré algún día — respondió Estela astutamente para no revelar el afortunado hallazgo millonario.

—Debo serte sincera —respondió Carilinda poniéndose seria—. Ricardo y yo ya caminábamos senderos diferentes desde hacía algunos meses. Lo que más me dolió fue su desprecio hacia mí como mujer y esposa cuando me confesó fríamente que tenía otra hembra hospedada en la granja y que, para él, ella era más importante que todo y que todos. ¡Podés quedarte con él hasta que reviente! ¡Ya no me importa!

La astuta joven calló el hecho de que la *otra*, era una inocente *hembra de la raza bovina*. Mientras tanto, en el retrete de los hombres, Ricardo había observado que Camilo portaba un arma debajo de su saco.

—Ya veo que andás archi-prevenido para cualquiera eventualidad —dijo señalando la pistola cuya cacha aparecía aprisionada por la pretina del pantalón—. Bueno, yo también —agregó dándole unas palmaditas a la suya.

—En esta época de violencia y de criminalidad impredecibles es imperativo portar alguna forma de protección. Aunque es posible que lo puedan matar a uno con su propio revólver —comentó Camilo, deteniéndose frente al espejo para peinarse. Su amigo y rival hizo lo mismo. Mientras acicalaban sus hirsutas cabelleras negras comenzando a encanar, un camarero llegó hasta la puerta del baño.

—¡Doctor Restrepo! Un chofer de taxi está preguntando por usted en la portería —dijo y se marchó a sus quehaceres.

Camilo, a pesar de los numerosos tragos de *whisky* escocés, al salir de La Mosca Muerta se dio cuenta de que el chofer que había preguntado por él no era el mismo que había contratado para recogerlos y llevarlos al hotel. El taxi también parecía más grande y, además, un hombre de rostro ceñudo estaba sentado en su asiento delantero. Todo ello le pareció ominoso.

—¿Dónde está Rolando Blanco? —preguntó Restrepo con suspicacia.

—Rolando Blanco es mi cuñado —explicó el pasajero con indiferencia—. Su taxi chocó con la parte trasera de un camión y ahora está en camino al taller de reparación.

—Damas y caballeros, háganme el favor de entrar —suplicó el nuevo chofer—. Hay suficiente espacio para todos —agregó mientras añadía un pequeño asiento donde Camilo se sentó de lado.

En esa posición, el abogado pronto observó que un vehículo venía tras del taxi y parecía estar persiguiéndolo obstinadamente. Luego notó que su chofer había tomado una ruta diferente.

Después de varios minutos, Ricardo preguntó preocupado:

—Dígame, ¿por qué razón este viaje está tomando más tiempo de lo necesario?

Camilo puso su mano detrás de la espalda y extrajo su arma. Luego la colocó entre sus muslos. Ricardo, sentado al otro lado del vehículo, observó la maniobra de su amigo, sacó la suya y la ocultó de la misma forma.

—Tomé una ruta diferente —explicó el chofer—. Hay un atascamiento en el camino por donde siempre manejo debido a un grave accidente…

—¡No nos mienta, caballero! —interrumpió Camilo mientras secretamente enroscaba su índice en el gatillo de su arma—. Al salir de la barriada de San Diego creí que tomaría hacia el sur hacia el bulevar Almirante Brión; en cambio dobló hacia el norte…

—¡Ya es suficiente! —rugió el hombre que alegaba ser el cuñado de Blanco—. ¡Mantengan la maldita bemba cerrada o les quiebro el culo! Y al decir esto mostró una escuadra por encima del espaldar del asiento.

—¡Tiene razón, ya es suficiente! —dijo Camilo y le hizo señas a Ricardo para que simultáneamente encañonaran por la nuca al chofer y a su acompañante—. Pásele ya el arma a mi amigo detrás de usted o le vuelo los sesos al chofer… y en sólo un par de segundos ¡todos seremos reducidos a puré sanguinolento! —amenazó el boticario.

El frustrado secuestrador obedeció de mala gana y Camilo le entregó el arma a Carilinda, quien la mantuvo en sus manos apuntando a su dueño.

—Reduzca la velocidad —el abogado ordenó al chofer—, e indíqueles con la mano que se detengan frente a su vehículo. Recuerde que tenemos tres pistolas listas, apuntándole a ambos. Si ustedes les hacen alguna señal de que estamos armados vamos a terminar celebrando cuatro funerales. Estela —añadió—: sacá el celular del bolso de Carilinda y llamá a la policía. Deciles que nos encontramos sobre la Ruta 4 Norte, a unos dos kilómetros de la ciudad, rumbo a Barranquilla. Y que vengan rápido, que les tenemos cuatro secuestradores listos para que los arresten si todavía están vivos. Y que traigan una ambulancia y equipo médico por si hay heridos. Apresurate, niña, apresurate! —dijo a la carrera mientras observaba un par de hampones que se dirigían hacia al taxi.

Vinieron despacio hacia ambos lados y doblaron sus brazos sobre las ventanas del vehículo.

—¿Qué tal vamos? —preguntó el que tenía aspecto de mayor edad.

—¡Cheverísimos! —chofer y acompañante contestaron al unísono. Esa era la clave que indicaría que todo andaba mal. Al instante los malandros trataron de extraer sus armas, pero el farmacéutico y el abogado las sacaron primero y simultáneamente dispararon a la frente de los criminales. Ambos cayeron mortalmente heridos a los lados del taxi. Chofer y acompañante fueron mantenidos encañonados hasta que llegó el carro de la policía. Para entonces todos nuestros héroes ya habían escuchado varios desesperados mugidos ahogados de alguien que estaba encerrado en el baúl del taxi.

Al llegar, la policía lo abrió y extrajo a Rolando Blanco de él.

—¿Este criminal es su cuñado? —preguntó Camilo.

—Ninguno de este par de desgraciados es pariente mío. ¡De ninguna manera! —respondió Blanco todavía tembloroso—. Fui a tomarme una cerveza a una tienda —explicó—, y ellos me invitaron a que tomara más, pero yo me negué, diciendo inocentemente que tenía el compromiso de recoger al doctor Restrepo en La Mosca Muerta a las doce de la noche. Les había manifestado anteriormente que el doctor estaba hospedado en el Hilton y ellos dedujeron que él tenía que ser un hombre de plata. Me llevaron al taxi y cuando yo abría la puerta me dieron un golpe en la cabeza y me metieron en el baúl del carro de ese desgraciado. Yo recobré el conocimiento por el ruido de los disparos, pero no logré soltarme de las manos y de la mordaza para poder pedir socorro.

—Lleve a sus cuatro salvadores a la estación de San Diego para que hagan una declaración formal sobre los hechos de esta noche y deje este vehículo al sargento que se encarga de registrar carros decomisados —ordenó el sargento policial.

V

Más tarde, cuando nuestros héroes llegaron al hotel, celebraron una conversación íntima para recapitular los acontecimientos del día y convinieron que desde ese momento en adelante mantendrían sus relaciones amorosas, pero se mantendrían en una perpetua y amistosa camaradería.

—Después de todo —declaró Camilo—, no puedo ni quiero imaginarme lo que nos hubiera sucedido a Carilinda y a mi persona si Ricardo y Estela no hubieran estado con nosotros. Como informó la policía, uno de ellos tiene un enorme historial criminal por secuestro y extorsión. ¡Un millón de gracias por ayudarnos a salvar nuestros pellejos; muy a pesar de las dificultades románticas que confrontamos!

—Tenés razón, amigo mío —dijo Ricardo—. Y para celebrar nuestra victoria, les invito a que pasen el resto de la noche con nosotros. Hay dos alcobas con sus respectivos baños en mi *suite* y Estela me ha manifestado que estaría encantada de tenerlos a ustedes como huéspedes.

—¡Me parece una magnífica idea! Y a vos, ¿qué te parece, querida? —preguntó a su amante.

—¡No me parece ni correcto ni posible ni decente! —respondió Carilinda con voz amargada—. No creo que pueda soportar contemplar a mi esposo en brazos de otra mujer y permanecer serena e indiferente.

—En ese caso debemos también aceptar que nuestro romance ha llegado a su fin —dijo Camilo con voz entristecida pero firme—. En realidad, nunca existió porque ya veo que vos no podés cortar los lazos que te unían a Ricardo. Por lo menos seamos sinceros y honestos con nosotros mismos, ¡por favor!

—¡Está bien! Acepto la invitación que nos hace Ricardo —dijo Carilinda y agregó haciendo un mohín de puchero—: Pero, por favor, que no se les vaya la mano en el besuqueo frente a mí…

—Haremos todo el esfuerzo necesario para no ofenderte, querida —dijo Estela y ofreció su mano. Su ex-rival la apretó con desgano.

—¡Vamos, pues! —dijo Ricardo—. Ya tengo sueño.

—¡Un momento, Ricardito! —exclamó su esposa con una sonrisita ahogada—. ¿Cómo vas a aplacar los celos de tu Reina cuando se entere que ya la cambiaste por otra hembra? —preguntó sagaz.

—¡No le permitiré que diga otra palabra que no sea MUUU! —respondió riéndose el astuto boticario complacido de su aguda aunque críptica respuesta. Camilo y su dulce amante también lo celebraron alegremente, aunque no tenían idea del sutil significado de sus palabras. Estela se limitó a sonreír en silencio.

Comenzó en Baviera en una primavera...

Comenzaba el mes de febrero de 1957...

—Oye, Ángel —me dijo Alfonso Porras, el sargento cocinero—, deja ya de pelar papas y vete corriendo a la comandancia del batallón; el coronel Braxton, quiere hablar contigo.

Yo solté una carcajada. Estaba seguro de que era una más de sus bromas insulsas.

—Seguro, por supuesto que sí —le contesté burlón—, tiene problemas estratégicos y tácticos con los planes secretos para expulsar a los comunistas de Hungría y, claro, necesita mi valioso consejo.

—¡No, la cosa va en serio! —afirmó Porras—. Vete ya porque está esperándote.

El cabo asistente me hizo pasar a la oficina de Braxton. El coronel tendría unos cincuenta años. Era espigado y serio, aunque su rostro presentaba rasgos amables.

Le hice el saludo de rigor.

—*Take a seat* —me dijo en inglés señalando hacia una silla frente a su escritorio—. Te he llamado porque he sido informado por el departamento de inmigración que tú ingresaste a los Estados Unidos con visa de estudiante. Por lo tanto, tú no puedes estar prestando servicio militar, aunque hayas firmado como voluntario. Debido a esta situación, debo darte de baja de inmediato.

A pesar de su inusitada orden, yo había permanecido de pie.

—Lo comprendo —le repliqué con el corazón destrozado y el estómago súbitamente congelado por sus palabras.

De seguro el comandante percibió mi desazón por la palidez de mi rostro pues al momento añadió:

—Pero no debes sentirte mal porque tengo buenas nuevas para ti. Como tú sabes, nuestro batallón deberá trasladarse a la República Federal Alemana el próximo diez de febrero. O sea que ya no nos quedan sino ocho días para la partida.

—¡Qué lástima! —me atreví a susurrar—. Yo, como todo el pelotón, me había entusiasmado con el viaje a Europa —agregué con voz temblorosa.

—Como te dije, tengo buenas noticias para ti —repitió—. Siendo comandante del batallón gozo de ciertas prerrogativas muy especiales. El reglamento militar me obliga y me permite mantener intacta mi unidad durante un período de movimiento mayor de la tropa. Por lo tanto, si tú quieres continuar en el ejército tienes que decidirte ahora mismo. Si aceptas, podrás irte con nosotros a Alemania. Mientras estés allá, no tendrás problemas migratorios pues serás un soldado de la OTAN. Y cuando regreses a Estados Unidos, tu hoja del servicio militar te servirá para obtener la visa de residente.

—Si es así, ¡por supuesto que acepto continuar en el ejército, mi coronel! —le aseguré al instante, más que entusiasmado, agradecido—. Mil gracias por su ayuda y su consejo.

—Me alegra que vengas con nosotros pues he recibido buenas referencias acerca de tu conducta y desempeño —replicó poniéndose de pie—. ¿Alguna pregunta?

—¡Sí, señor! Me gustaría saber en qué estado de Alemania está ubicada la base a la que nos trasladaremos.

—¡Lo siento! —dijo con una media sonrisa—. Ese es secreto militar hasta que lleguemos allá.

Al abrir la puerta para retirarme, el coronel me advirtió:

—No debes comentar el tema de nuestra entrevista con ninguno de tus compañeros hasta que te hayan dado de baja.

Desde Fort Sill, Oklahoma, donde se encontraba estacionado mi batallón viajamos por tres días y tres noches en un tren militar con destino a Nueva York. Tan pronto llegamos a la ciudad de los rascacielos nos embarcaron en un buque de transporte de tropa. Después de una travesía de ocho días llegamos a Bremerhaven, en la costa de Alemania, y luego tomamos un tren militar con rumbo para nosotros desconocido.

Al llegar nos acomodamos en nuestra nueva base castrense y allí nos explicaron que estábamos en las afueras de la ciudad de Bad Kissingen, en el estado federal de Baviera; y que por dos semanas permaneceríamos restringidos al área. Durante ese período seríamos instruidos sobre la historia y la cultura del país anfitrión. Durante esos días nos asignaron tareas especiales. Fui seleccionado para servir de guardia de campamento. Como tal, se me eximía de participar en las prácticas de artillería pesada fuera de la base y los turnos de servicio eran de seis horas continuas y luego doce horas libres.

Pasados los quince días, nos extendieron los pases de salida y entrada a la base.

Mis compañeros hispanos decidieron celebrar nuestra llegada a Alemania en una cantina, que, casualmente, se llamaba Spanish Bar. Después de beber dos cervezas negras decidí recorrer solo la ciudad y explorar las calles tratando de encontrar ganado vacuno nativo; es decir, muchachas alemanas. Vagué sin rumbo por un par de horas, pero, no pudiendo contactar a alguien que hablara inglés o español, opté por retornar a la base. Tal vez una cuadra antes de ingresar me detuvo un caballero cincuentón para preguntarme la hora en correcto inglés. Lucía muy bien vestido y era de aspecto agradable. Olvidaba decir que a ningún miembro del personal militar le permitían ir a la ciudad en uniforme. Teníamos, por lo tanto, que vestir traje de civil completo, camisa de cuello duro y corbata. Y por estar en pleno invierno un grueso abrigo, por supuesto.

—Son las cuatro y media —le dije.

—Usted es soldado estadounidense, ¿no es cierto?

—En efecto lo soy. ¿Cómo lo adivinó? —le pregunté extrañado.

—Por el corte de su pelo —me contestó sonriendo.

—Y usted, ¿es alemán?

—Sí señor —dijo, aunque titubeante. Mi nombre es Heinrich Heine y soy nativo de esta ciudad. Aprendí inglés cuando fui prisionero de guerra en Texas.

Le quise preguntar si era descendiente del famoso poeta parisiense, pero desistí de hacerlo.

—Lo felicito porque le sacó un óptimo fruto a la guerra —le contesté—. Y, dígame una cosa: ¿dónde podría conocer o contactar muchachas que hablen inglés o español?

—Generalmente, las que hablan inglés son las prostitutas pues eso les permite entrar en contacto con la clientela militar —me respondió con sonrisa picaresca; luego agregó—: si usted quiere tratar con chicas decentes deberá aprender alemán. En cuanto a las que hablan español, tendría que buscarlas en las universidades de Würzburg o Nüremberg. En ellas hay cientos de españolas e hispanoamericanas. Pero esas ciudades están un poco distantes. No creo que pueda viajar a ellas a menudo; y mucho menos, diariamente.

—Ciertamente —convine descorazonado. Me despedí y continué hacia la base, pero al ingresar observé que un edificio contiguo a la puerta de ingreso tenía un rótulo que rezaba: *"Library"* y debajo de él, otro que rezaba: *"Bibliothek"* en caracteres góticos.

A la tarde siguiente visité nuestra biblioteca con el propósito de encontrar algún método autodidacta para aprender el alemán. La bibliotecaria que me atendió se portó muy amable y solícita en buscarme uno de ellos; y cuando ya me despedía, me dijo amablemente:

—Que yo sepa, usted es el primer soldado de su unidad que ha venido a la biblioteca interesado en aprender nuestro idioma. ¿Le gustaría tomar clases de alemán conmigo?

—¡Estaría encantado! —le contesté—. Pero el problema es que mis ingresos son muy limitados, particularmente porque sostengo a mi madre viuda y a mis hermanos en mi país natal. Agradezco de corazón su oferta, pero no tendré con qué pagarle.

—¡No, no, no! —dijo sonriente—. Las clases son gratis porque el presupuesto de la biblioteca tiene una partida especial para subvencionar esa clase de servicios.

—Entonces, ¿cuándo empezamos, maestra? —le pregunté emocionado.

—Esta misma tarde, si puede. Mi nombre es Loretta Mendelsohn. ¿Y el suyo?

—Ángel Bueno Buendía, para servirle —dije mientras estrechaba su tibia mano.

—¡Ah! ¡Usted es *bueno* por todos lados! —me dijo sonriendo.

—¡Gracias! Espero que eso me sirva para aprender el idioma alemán que me han dicho que es muy complicado para aprender —le comenté muy esperanzado.

—¡Pamplinas! —dijo Loretta—. Yo aprendí español en Buenos Aires y creo que vuestro idioma presenta mayores dificultades.

—Imagino que vivió muchos años en Argentina porque su español es excelente.

—Estuve allí mientras duraba la guerra en Europa. En 1938, ocurrió la llamada *Kristallnacht* que dio comienzo a la implacable persecución de los judíos. Mis padres y hermanos estábamos visitando unos parientes en Ginebra, una ciudad suiza. Al tener noticias de lo ocurrido se nos recomendó no regresar a Alemania. Y, casualmente, uno de mis primos servía en una misión diplomática suiza y él nos obtuvo la visa para viajar a Buenos Aires. Yo tenía seis años y estaba a punto de comenzar mi educación primaria. Aprendí el español en una escuela bilingüe y luego hice estudios hasta graduarme de docente. Al terminar la guerra volvimos a Bad Kissingen y trabajé como profesora de idiomas. Se me ofreció la posición en esta base y llevo cuatro años sirviendo aquí a los que quieran aprender alemán.

Al terminar mi primera clase, charlamos brevemente y estaría demás añadir que habíamos congeniado en forma total, aunque teníamos varios años de diferencia en nuestras edades. De allí en adelante, Loretta se portaba muy jovial conmigo, pero era también muy exigente; lo cual yo le agradecía inmensamente. Mi aprendizaje se basó más que nada en ejercicios de conversación; aunque a menudo tenía que escribir composiciones cortas y memorizar algunos poemas de los bardos más representativos de la lengua teutónica.

Al cabo de veinte clases, Loretta sugirió que visitara el Wiener Tanzhalle, un salón de baile, pues allí podría conocer a algunas de las jovencitas que lo frecuentaban.

Seguí inmediatamente su consejo; primero, porque me sentía muy solo y segundo porque el espoleo de mi juventud me impulsaba a procurar alguien que me brindara amor real y no solamente la satisfacción sexual. Al ingresar al Tanzhalle sufrí una gran sorpresa. A la entrada se hallaba un diminuto corrillo de jóvenes coetáneos; vestían ellos la típica indumentaria de los bávaros: calzones cortos de cuero sostenidos con tirantes del mismo material. Al instante me sentí como un mono metido en jaula de zoológico pues todos me miraban con una insólita mezcla de curiosidad, o tal vez de rechazo, ya fuera por mi estatura, baja para sus estándares, o por mi *extraña* vestimenta.

Haciendo de tripas corazón me acerqué a una mesa alrededor de la cual estaban sentadas cuatro jovencitas sin acompañantes; esperando, sin duda, a que algún mancebo las invitara a bailar. De las cuatro me atrajo particularmente una de cabellos rubios, de carita redonda y un poquito pecosa. No lucía maquillaje en su piel sonrosada y sus labios rojos dibujaban una sonrisa coqueta, verdaderamente encantadora.

—*Guten abunda, schöne Fräuleins!* —saludé al grupo con aduladora galantería.

—*Guten abend!* —respondieron todas ellas y luego cubrieron con las manos sus sonrisitas gazmoñas. En ese momento la orquesta comenzó a tocar un vals.

—*Möchten Sie mit mir tanzen?* —pregunté valientemente a mi damita preferida.

—*Ja wohl!* —contestó ella entusiasmada y poniéndose de pie me ofreció sus brazos para comenzar la danza. Yo la tomé entre los míos y la apreté suavemente contra mi pecho.

—*Wie heißen Sie?* —le pregunté formalmente pues no me atrevía a tutearla de buenas a primeras.

—*Helena Drochner, und du?* —me preguntó usando el pronombre familiar.

Cuando le dije mi nombre y lo traduje al alemán, se rio de lo lindo. Esa reacción tan alegre y espontánea me indicó que poseía un gran sentido del humor; una virtud esencial, creo yo, en la mujer universal de todas las edades.

—No te ofenderías si te llamo *Herr Gut-Gutentag?* —me preguntó con guasa.

—¡Por supuesto que no! —le dije—, pero preferiría me llamaras *mein Engel...*

Volvió a reír. Pero sus mejillas habían tomado un color rojo encendido.

—¡Está bien, *mein Engel*! —dijo y apretó sus senos firmes contra mi pecho. El calor de su cuerpo núbil se fundió con el mío mientras nuestros pies se movían al ritmo seductor del vals ondulante que envolvía nuestros cuerpos y nuestras almas. En ese momento, mi mayor deseo fue que la música continuara sin interrupción hasta que nuestros cuerpos ya exánimes fuesen colocados juntos dentro del sepulcro. Pero ¡todo lo bello es efímero en la vida! La orquesta cesó y volvimos lentamente a su mesa tomados de las manos.

—*Bitte, sitz hier bei mir, mein Engel!* —dijo Helena con toda seriedad, haciéndome un espacio en su silla para que me sentara su lado. Sus amigas, que ya estaban sentadas, se asombraron de que acabándonos de conocer ella me llamara *su ángel* y me pidiera que me sentara pegado a ella.

—Así se llama —explicó Helena a sus sorprendidas compañeras. Todas se rieron de la explicación.

Una de ellas se atrevió a preguntarme:

—¿Eres soldado americano?

—Así es: lo soy —afirmé orgullosamente—. Estoy casi recién llegado. Bueno, es decir, llegamos hace un poco más de dos meses.

—¿Dónde aprendiste alemán? —preguntó otra.

—En la biblioteca de la base me dan clases todos los días —respondí—. Y esta es mi primera oportunidad de practicar lo poco que he aprendido.

—*Wünderbar!* —exclamaron todas al unísono. Yo me regocijé por la exclamación lisonjera y espontánea que alababa mi esfuerzo.

Agradecido contesté:

—*Danke, schön!*

La música volvió a comenzar con un brioso pasodoble y yo inmediatamente tomé la mano de Helena para sacarla a bailar. Ella se levantó morosamente y ya al tenerla en mis brazos me extrañó muchísimo que deliberadamente eludiera mi mirada.

—*Was is loss mit dir, liebchen?* —le pregunté ansioso y atrevido.

—¡No me pasa nada! —contestó hoscamente.

—¡Eso no es verdad y tú lo sabes! —le susurré al oído.

—Bueno, la verdad es que tengo novio y es muy celoso —dijo como si nada—. Esta noche no pudo acompañarme porque está en Würzburg visitando a sus padres.

La explicación me dejó aún más confundido. Me pregunté, y secretamente muy enojado, por cierto, por qué esa joven había engendrado en mi alma una esperanza y de pronto la había hecho abortar sin compasión alguna. Tendría que haber una explicación más lógica y verosímil, me dije. Recordé al instante las últimas palabras de mi novia cuando, al despedirnos en el aeropuerto me confesó que aunque todavía me amaba trataría de olvidarme para no hacerse ilusiones vanas.

¡Y eso es exactamente lo que yo haré!, me dije decidido en ese instante. Sin embargo, esperé a que terminara el fogoso pasodoble. Al llegar a la mesa permanecí de pie como una estatua, frío y callado; aunque hirviendo por dentro.

—¿No te vas a sentar? —me preguntó una de sus compañeras.

—¡No, gracias! —respondí casi arisco—. Debo regresar a la base —traté de explicar para suavizar la manera agresiva en que le hablé antes—. Tengo servicio de guardia a partir de la medianoche y quiero dormir unas tres de horas para mantenerme despierto durante mi vigilia.

En ese momento se presentó el camarero.

—¿Van a tomar algo? —preguntó. Tuve que decir que sí porque no quería pecar de tacaño.

—Si las señoritas me aceptan una copa de vino yo las invito a todas, pero a mí tráigame una cerveza negra, por favor.

—¡Gracias! —dijeron todas, menos Helena.

—Para mí, nada —dijo ella.

—¿Por qué me desprecias una copa de vino? —le pregunté.

—No te la desprecio —me respondió—. Es que *yo* no puedo beber licor en público porque todavía soy menor de edad —explicó bruscamente. Sus amigas permanecieron calladas y yo tuve que aceptar como verídica su explicación.

La orquesta comenzó a tocar otra pieza y alguien vino a sacar a *mi* Helena. Yo no objeté su decisión de bailar con otro y continué bebiendo mi cerveza. Una vez consumida, pagué en la caja y me marché sin despedirme de ella. Sentía rabia a la vez que muchísimo dolor por no poder entender el cambio súbito y absurdo de una chica tan linda como Helena. Al principio culpé a la exigüidad de mi vocabulario en alemán. Era probable que hubiera dicho algo inapropiado o mal pronunciado que hubiera sido a la vez mal interpretado. Al fin y al cabo, algo similar me había ocurrido con una familia puertorriqueña recién llegado a Nueva York, recordé.

Al día siguiente fui a la biblioteca para continuar mi instrucción. Loretta me pidió que esperara en la oficina en vez del salón privado donde solía darme la clase. Luego de atender a varios soldados vino hacia mí y cerró la puerta.

—Supe que hiciste un excelente debut lingüístico en el Weiner —me dijo sonriendo—, y que te habías lucido. Lena vino a verme al mediodía y me contó *todo* lo ocurrido.

—¿Lena?

—Sí. Helena Drochner. Cuando regresé de mi exilio en Argentina obtuve empleo como maestra de escuela primaria y ella fue una de mis primeras alumnas. Su madre se llama Helena Veruskias y a *tu* amiga la llaman Lena para distinguirlas.

—¿*Mi amiga*? ¿Lena, mi amiga? —exclamé incrédulo y obviamente ofendido—. Yo lo dudo, Loretta, que Lena o yo quisiéramos volver a vernos después de la crueldad con que me trató anoche.

—Lena me dijo que había llorado durante muchas horas, arrepentida de haberte tratado tan mal. Quiere pedirte perdón esta misma noche. Y me suplicó que te explicara los motivos de su conducta en apariencia reprochable, aunque al parecer justificable. Yo, que la conozco desde hace diez años, puedo afirmarte que sus razones son válidas. ¿Quieres oírlas, Ángel?

—Está bien, las oiré —le dije—, y solamente porque yo también pasé la noche, no llorando, sino maldiciendo nuestro encuentro que fue... ¡tan dulce, tan amargo y tan fugaz! Y también porque ella me cayó muy bien y desde que la vi por primera vez me hice ilusiones que pronto se desvanecieron.

—Sí, ya veo que es un caso típico de amor a primera vista y no hay duda de que la atracción entre vosotros es mutua —dijo Loretta sonriendo—. Pero debo decirte que lo infortunado de vuestro amor es que existe ya una formidable barrera entre vosotros que tendréis que derribar primero si queréis gozar de un largo y genuino romance.

—¿Barrera? Suena muy, muy melodramático; pero realmente ¿de qué barrera se trata? —pregunté con mucho interés.

—En esta ciudad es muy bien sabido que la mayoría de su población *aborrece* a los soldados americanos. Por esa razón, cada vez que vosotros volvéis a vuestra base con vuestros cañones cubiertos de barro, tenéis que lavar completamente las calles por donde habéis pasado; porque, de lo contrario, los vecinos llamarían airados al burgomaestre para exigirle que expulsen de una vez las tropas de *ocupación*. Y ese odio surgió justamente porque durante los últimos meses de la guerra, tanto los soldados americanos como los británicos cometieron muchas fechorías contra la población civil en esta región del país. Una de ellas fue la indignante violación de doña Helena y de su hija Ericka, quien, a la sazón, tenía solamente ocho años. Lena que tenía en esos días unos tres años no sufrió daño físico, pero sí el trauma sicológico que le causó ver a su madre y a su hermana siendo ultrajadas sexualmente por varios soldados americanos. Paulus Drochner, su esposo y padre de las chicas, se encontraba, mientras tanto, expiando un castigo en un batallón de condenados del ejército nazi. Su misión le ordenaba arrancar las minas del suelo con sus manos desnudas para que no hiriesen a las tropas de Hitler que se batían en veloz retirada a través de Rusia y Ucrania. Una de esas minas estalló detrás de él y de varios de sus compañeros. Todos fallecieron, excepto Paulus, que sufrió múltiples heridas de esquirlas en la espalda y todavía las lleva incrustadas entre la piel y los músculos. Luego de haber salido del hospital fue dado de baja y corrió a buscar a su familia, la cual había dejado en Klaipeda, una ciudad de Lituania, donde muchos años antes conoció a Helena. Allí le informaron que ellas fueron reubicadas en alguna localidad bávara porque las tropas soviéticas venían arrasando con todo y con todos, especialmente con los que tenían parentescos o apellidos alemanes. Paulus recorrió Polonia y parte de Alemania a pie. Después de sobrevivir los numerosos peligros de una Europa en llamas o en cenizas, logró ubicarlas en su natal Grossenbach, una pequeña aldea de este municipio. Al encontrarse por fin con su familia, se enteró que Helena estaba en cinta y que el padre de la criatura era un soldado anónimo del ejército enemigo y, ya para entonces, de ocupación. Al principio quiso matarla para borrar la ofensa a su honor, pero los vecinos y Ericka intervinieron para impedir su malhadado propósito. Pero no lograron imposibilitar que llevara a Helena a una clínica para que le hicieran un aborto. Paulus nunca ha querido perdonar a los estupradores y la sola presencia de inocentes soldados americanos lo saca de quicio. Cómo será su inmenso odio contra los americanos que un sobrino que vive en Estados Unidos y estaba sirviendo en la Décima División estacionada en Schweinfürt vino a visitarlo. Paul se negó a abrir la puerta y no solamente eso; llamó al *Landpolizei* —la policía del estado— para acusarlo de invasión de morada y que fueran a arrestarlo, ¡acusándolo de acoso! La familia entera aborrece a los soldados americanos y ese es el motivo por el cual Lena te rechazó. Me dijo que sigue interesada en verte y que si tú lo quieres se podrán encontrar de nuevo esta noche en el Weiner. Prometió esperarte allí hasta las ocho.

—Comprendo sus motivos para tratarme como me trató —dije convencido—, pero no entiendo por qué no me lo dijo mientras bailábamos la última pieza.

—Yo también le hice esa pregunta y su contestación fue que ella comprendía que tu vocabulario era todavía muy limitado y no hubieras podido entender exactamente sus explicaciones. Me temo que Lena tenía razón.

—Está bien, iré —le prometí y al terminar la clase me encaminé a cambiar mi uniforme militar por ropa de civil. A la puerta del Tanzhalle observé a un hombre corpulento, mal vestido, de carácter mustio y con cara de pocos amigos que me miró de arriba abajo. Me dio el raro presentimiento de que me espetaría o me pediría algo, pero no lo hizo. Al ingresar encontré a Lena con la amiga que la noche anterior me había preguntado si yo era soldado estadounidense.

—Te presento a Ría —me dijo después de besar mi mejilla—. Ella es mi mejor amiga. Anoche, luego de que te marchaste sin despedirte de nosotras, me reprochó el haberte tratado con tanta dureza.

—Mil gracias —dije estrechando su mano y luego añadí—: Hasta nosotros los *ángeles* necesitamos ocasionalmente quien vele y proteja nuestra felicidad. Me fijé por primera vez en el semblante tan agradable de Ría. Aunque no era tan bonita como Lena, sus ojos destellaban rasgos dulces y sus labios carnosos invitaban al beso. Me sonrió en silencio y yo le correspondí.

—Tengo que irme —dijo Lena—. Mi padre me está esperando allá afuera. No quiso entrar porque está todavía en su ropa de trabajo. Quiere llevarme a casa en su coche porque mi Isetta está en el taller de reparación. Pero quedas en bondadosas manos, *mein Engel*. Ría me ha prometido bailar contigo, pero ¡*nada, nada más!* —añadió riéndose.

—¡Qué lástima que tengas que marcharte! —le dije con genuina tristeza y luego le pregunté—: ¿Cuándo nos volveremos a ver?

—Pasado mañana podré encontrarme contigo. ¿Qué te parece a las seis en punto en la puerta principal de la base?

—Muy bien; te estaré esperando. Pero ¿y el otro?

—¿Cuál otro? —preguntó extrañada.

—El tipo celoso que estaba visitando sus padres en Würzburg —le recordé.

—Ese tipo nunca existió —dijo sonriendo—. Yo lo inventé para que te decepcionaras de mí. Perdóname por haberte mentido tan cruelmente.

Se marchó después de darme un beso tan apasionado como lascivo que me hizo sonrojar y felicitarme interiormente.

Ría y yo bailamos solamente dos piezas, pero la imagen de Lena, mientras tanto, no se apartaba de mi pensamiento por más a gusto que me sintiera en los brazos de su amiga. Luego que hubo terminado la segunda pieza, Ría sugirió que fuéramos a cenar a un restaurante que ella frecuentaba, y yo acepté sin pensarlo dos veces.

Al salir del Weiner, me extrañó observar la carita de luna de Lena a través del cristal de un pequeño Volkswagen. Ría se adelantó y saludó al hombre que guiaba. Logré ver y también distinguir su faz. Concluí que se trataba del tipo hosco que había visto al entrar.

—Ese señor es el padre de Lena —me informó Ría—. Ella le dijo que solamente venía a acompañarme porque *yo* tenía una cita contigo y no quería estar sola. O sea que para el señor Drochner *tú* eres mi novio. Fue una treta que inventamos —explicó—, para evitar una tragedia porque ese señor no acepta que ninguna chica alemana, sea decente o indecente, se mezcle con los *salvajes forajidos* americanos, como él os llama a todos. Pero no se ha atrevido a acusarme ante mis padres.

Dos días después, Lena y yo nos encontramos como habíamos planeado; pero esa noche no fuimos a bailar. Tomados de la mano deambulamos por la ciudad y antes de que se marcharan las estrellas nos sentamos en la banca de un parquecito solitario a orillas del apacible río Saale Franconio que atraviesa la ciudad. La primavera había vestido de verde todos los alrededores y los jardines aparecían saturados de gratos perfumes y vívidos colores. *¡Es el paisaje ideal para enmarcar el escenario de un amor apasionado!*, me dije.

Tomados de la mano me habló de su reciente diploma de diseñadora de vestuario y de su nuevo trabajo como tal. Entre los besos y las sonrisas también me contó que no recordaba nada de su nativa Lituania pues había partido a muy tierna edad. No lograba olvidar, sin embargo, los malos tratos recibidos de los vecinos que no podían comprender cómo un soldado alemán se hubiera casado con una mujer lituana y las despreciaban por ser de sangres mezcladas.

—Este maldito mundo está lleno de iniquidades —le dije seriamente—. En los Estados Unidos —agregué—, los europeos, incluyendo los lituanos, discriminan contra los negros, los asiáticos y los hispanoamericanos. Por mucho tiempo tuve la errónea creencia de que los europeos no se discriminaban entre sí, a pesar de estar enterado de la obsesión hitleriana por obtener una raza aria pura. Ahora sé que la discriminación por motivos raciales es universal. La gente no entiende que antes de nacer a nadie le otorgan la opción de ser hijo de un chino, de un africano o de un europeo; o si quiere venir al mundo en un país pobre o rico; o dentro de un hogar humilde u holgado; o si quiere tener ojos azules, negros o marrones.

—O sea que somos frutos del azar y regidos por un cruel destino que nosotros no escogimos —comentó Lena mientras se apretaba contra mi pecho.

Besando cariñoso su frente le dije:

—Lo único importante para nosotros es que nos amamos y eso es todo lo que nos debe interesar.

—¡Qué diera yo —dijo suspirando—, por tener un padre comprensivo! Me aterra pensar que nos pueda descubrir y trate de matarte a ti o a los dos. Yo lo adoro y comprendo su rencor contra los americanos, pero todas las noches ruego a Dios que sus sentimientos cambien y acepte que el pasado ya es pasado y ni Dios mismo lo puede cambiar.

—Entiendo que tu madre y tu hermana coinciden con tu padre en su odio contra los americanos, ¿o me equivoco?

—Sí, tienes razón. Pero nosotros no debemos martirizarnos tratando de enmendar las mentalidades de los miembros de nuestras familias. ¿A tu madre no le importaría que te casaras con una europea o con una gringa? —preguntó de sopetón.

—Probablemente sí —le respondí—, porque todas las madres sueñan con sus hijos casados con los esposos o esposas que ellas mismas les han seleccionado. Pero la mía tendrá que aguantarse porque yo no le permitiré a nadie, ni siquiera a ella, que elija la mujer con la que crearé una familia y pasaré el resto de mis días.

A partir de entonces continuamos gozando de las tardes primaverales; caminando juntos, recorriendo la ciudad o haciendo paseos cortos a los pueblos vecinos en su cochecito Isetta de tres ruedas. *"Todo marchaba al compás de la dicha y del amor"*, como escribiera un poeta gaucho; y nuestra pasión se acrecentaba cada día más y más; especialmente después de conocernos carnalmente en un momento de arrebatado delirio.

Una tarde dominical de mayo, mientras gozábamos de nuestra compañía y a la vez disfrutábamos de un delicioso pastel que había adquirido en el almacén de la base para celebrarle su decimoctavo cumpleaños y de una botella de vino para brindar por su mayoría de edad, sufrimos la súbita presencia de Heinrich Heine que pasaba montando en bicicleta. Nos sorprendió y nos aguó un poco nuestra fiesta íntima. Su rostro denotaba sorpresa y rabia.

—Ya veo que lograste lo que buscabas —me dijo en inglés—. Ten cuidado, sin embargo —me advirtió—, porque te informo que esta mujer te está vedada. Y te podría costar la vida. ¡Te lo aseguro!

—Mi vida sin Lena no valdría la pena vivirla —le respondí—. ¿A quién o a qué debo temer? —le pregunté con la altanería propia de mi juventud.

—¡A su padre y a mí! —me respondió.

Lena nos miraba a los dos sin poder comprender nuestro diálogo. Heine decidió continuar en alemán:

—Paulus, su padre, quiere un esposo germano para Lena y me ha pedido que me case con ella. Yo enviudé recientemente y ya me comprometí con él de palabra. Pero supe que Lena se enredaba con un soldado extranjero. Por eso decidí salir a buscarlos para informarles que su romance tiene que terminar de una vez por todas y muy pronto.

—Ya soy mayor de edad, *Herr Heine* —dijo Lena furiosa—. Y me voy a casar con quien yo quiera y con quien me quiera; ¡así no le guste a usted o a mi padre!

—¿Aceptas casarte conmigo, amor mío? —le pregunté osadamente delante del declarado rival.

—¡Claro que acepto! —me respondió altiva, abrazándome.

—¡Los felicito! —dijo Heine—. Ahora, —agregó dirigiéndose a mí—, si quieres casarte con Lena debes solicitar permiso para hacerlo a la Agencia Central de Inteligencia de Estados Unidos. Sus agentes investigarán a la familia inmediata de Lena y una vez den la aprobación te notificarán que el permiso ha sido concedido.

—Y ¿eso es todo? —preguntamos llenos de optimismo.

—¡Eso es todo! —afirmó mi rival. Luego se montó en su bicicleta y se marchó silbando un vals vienés.

Me extrañó que Heinrich se condujera tan jovial y tan servicial en indicarme los pasos y el trámite para llegar al matrimonio.

—No sé si Heine nos está mintiendo. Eso lo puedo averiguar mañana en la oficina militar de enlace —le dije a mi adorada Lena.

Al día siguiente obtuve la autorización de mi comandante del batallón para llevar mi solicitud a la CIA. Pasó el verano y luego llegó el otoño y luego el invierno y yo no recibía respuesta alguna sobre mi solicitud. Nuestro amor continuaba creciendo, pero yo adivinaba en los ojos de mi amada una mirada triste de desconcierto, de desesperanza y de duda.

—¿No te has enterado si algunos de tus parientes han sido cuestionados por agentes del Gobierno estadounidense? —le pregunté a Lena en la fiesta de Año Nuevo.

—No, cariño, no he escuchado nada en absoluto. Y lo que más me extraña es que mi padre ha dejado de maldecirte y no parece que le preocupe siquiera con quien salgo. ¿Crees tú que a lo mejor ya habrá cambiado de opinión?

—No lo sé —le contesté—. Pero dime, ¿Heinrich Heine no ha ido a visitarte y a reclamarte que sigues viéndote conmigo?

—Tampoco. Aunque Ericka, antes de mudarse con Günter para Karl Marx Stadt, le dijo a mi madre que Heinrich está trabajando para el Gobierno americano.

—Sí, eso es muy probable —dije yo—. Heine habla muy bien el idioma inglés, parece ser una persona instruida y no creo que el hecho de que haya sido prisionero de guerra en Texas sea un impedimento para trabajar para el Gobierno estadounidense.

—Y ¿cómo sabes tú que él estuvo prisionero en Texas?

—Recién llegado me abordó en la calle para preguntarme la hora y me contó que había aprendido el inglés en el campamento de prisioneros.

—¡Qué raro! —dijo Lena con sospecha.

—¿Raro? ¿Por qué?

—Porque cuando nos visita, siempre lleva finos relojes de pulsera.

—Pues sí, es raro. Pero es posible que en esa ocasión su reloj estuviera dañado. ¿Desde cuándo le conoces?

—Él y su difunta esposa se hicieron amigos de mis padres desde que terminó la guerra. Por eso no me extraña que ahora que ya está viudo quisiera casarse conmigo. Lo malo es que está utilizando su amistad con mi familia para imponerme el matrimonio en contra de mi voluntad.

—Eso no me preocupa —le dije—, lo que me está destrozando los nervios es no saber cuál será la decisión final y realmente no sé qué hacer. Ya no me quedan sino doce días para volver a América y no quiero irme sin ti. Tampoco tengo suficiente dinero para pedir mi baja en Alemania antes de terminar mi servicio. Qué haremos, amor mío, ¿qué haremos? —le pregunté al borde de la desesperanza.

—Pues si tienes que irte, simplemente te vas. Y si algún día quisieras regresar por mí; házmelo saber y yo te esperaré hasta que vuelvas.

Tuve el amargo presentimiento de que una vez que regresara a América no sería tan fácil volver a Alemania; primero, porque tendría que cambiar mi condición migratoria en los Estados Unidos. Eso me tomaría por lo menos unos dos años. Y, mientras tanto, ¿cuántas cosas impredecibles podrían ocurrir?

Al volver al cuartel me encontré con una carta del consulado estadounidense. En ella me informaban que mi petición había sido denegada por razones de seguridad del Estado. No comprendiendo cómo mi adorada Lena podía ser un peligro para la seguridad de los Estados Unidos, decidí visitar el consulado.

—La decisión de esta oficina está basada en el informe suministrado por la CIA. Esta es una copia de la notificación. Puede leerla aquí mismo, si usted quiere —me dijo el oficial consular.

Leí el maldito documento. En él se establecía que Helena Drochner-Veruskias tenía parientes inmediatos en la ciudad de Chemnitz o Karl Marx Stadt. Que su hermana, Ericka Drochner-Weiner, se había mudado recientemente a esa ciudad ocupada por la Unión Soviética y que era lógico concluir que dicha persona tuviera nexos afines con el régimen comunista de ocupación y que sus parientes fueran un peligro para la seguridad de los Estados Unidos. Por tanto, la petición debería ser rechazada sin derecho a apelación.

Lo que más me dolió y me sorprendió del malhadado informe fue que bajo una firma ilegible aparecía, escrito a máquina, el nombre de su depravado autor: H. Heine, Asistente Director de Relaciones Públicas de la Agencia Central de Inteligencia. No tuve el valor de llamar a Lena para darle las malas nuevas. Hablé con Loretta y ella se ofreció a llevarle el nefasto mensaje.

Volví a Estados Unidos y decidí probar suerte en Nueva York. Conseguí trabajo inmediatamente. Le escribí una extensa carta a mi lejano amor, pero decidí no enviársela a su dirección familiar sino a la de Loretta. Pasaron seis meses y no recibí una sola misiva de respuesta. Me torturaba su ingrato silencio; sin embargo, pasaba las horas estudiando alemán para mantener vivo su recuerdo y para que cuando la volviera a ver pudiera expresarle en su propio idioma lo mucho que la amaba y las terribles angustias que había padecido al sospechar que Heine se habría aprovechado de mi larga ausencia para abordarla y lograr convencerla.

Un lunes por la tarde, al volver del empleo, encontré un sobre en mi buzón. Era una invitación a la boda de mi Lena y el maldito de Heinrich. *¿Qué más puedo hacer yo*, me dije con amarga resignación, *si ya los desgraciados están disfrutando su luna de miel en Venecia o en París o en el infierno?* Luego me dije: *Me emborracharé como lo hacen los charros mejicanos para maldecir (o celebrar) la traición de la ingrata.*

Al atravesar la calle tuve la extraña impresión de que alguien seguía mis pasos. Di una vuelta rápida pero no pude ver un rostro conocido entre el gentío que caminaba por la calle. Llegué a mi antro favorito. Me senté a la barra y estaba a punto de pedir mi bebida cuando una voz femenina dijo en alemán a mis espaldas:

—¡Una cerveza negra alemana para mi ángel!

Sorprendido giré sobre mi asiento y me encontré con Lena en cuerpo y alma. Estaría demás decir que nos abalanzamos el uno contra el otro y nos abrazamos con la más intensa emoción del reencuentro.

—¿Dónde está tu marido? —le pregunté.

—No sé —me contestó—. Tan pronto llegamos al aeropuerto se reportó al buró de la CIA. Le dieron órdenes de presentarse inmediatamente. Me dijo que sospecha que lo piensan mandar a otro país. ¡Ojalá! —añadió esperanzada.

—¿Y nosotros? ¿Qué vamos a hacer con nuestro amor?

—Yo dejé mis maletas en la oficina del hotel y me vine en taxi a buscarte. Quería encontrarte con la *otra* —dijo riéndose—. Pero al llegar a la esquina de tu edificio te vi salir y decidí perseguirte. Si te interesa saber, no le he permitido consumar el matrimonio. Le prometí que se lo consentiría una vez llegáramos a Nueva York.

—¿Y qué hiciste durante los pasados seis meses? —le pregunté intrigado.

—Tan pronto te viniste, Heinrich pidió mi mano formalmente. Yo accedí con la condición de que si tú volvías me casaría contigo y mis padres te aceptarían. Para ganarse mi voluntad, obtuvo para mí una visa de residente y me prometió traerme a Nueva York para la luna de miel. Yo preferí no contactarte para no poner en riesgo tu vida o la mía; pero viví con la esperanza de que tan sólo al llegar te buscaría para huir contigo a los infiernos si fuera necesario.

—Nunca quise imaginarme que nuestro amor podría desaparecer de la faz de la tierra. ¡Y tenía razón! Pero ¿estás decidida a vivir el resto de tu vida junto a este pobre diablo centroamericano? —le pregunté muy serio.

—*Ja wohl, mein Engel!* —me contestó feliz mientras se apretaba contra mi pecho.

Fuimos por su equipaje y algunas semanas después nos perdimos enteramente en el inmenso país que conforman los Estados Unidos de América. Fuimos a Las Vegas para que Lena solicitara el divorcio. Pero antes de hacerlo quería estar segura de que Heinrich no la hubiese buscado en Bad Kissingen. Llamó a su familia en Grossenbach y el padre le hizo saber que Heinrich había fallecido al llegar a su destino secreto y que esa información se la habían enviado a ella porque no tenían otra dirección a la mano. Además, que ella tenía que recibir personalmente el cadáver en la morgue para sus funerales y entierro.

—Soy viuda —me dijo alegremente—, y me gustaría que me acompañaras porque por ley tengo que presentarme a reclamar el cadáver. Luego, nos podríamos casar aquí mismo, ¿no? —me preguntó.

—No creo que lo podamos hacer, preciosa, si tú alegas ser viuda tendrías que presentar la partida de defunción. Y si mientes, el divorcio podría ser inválido porque la otra parte ya falleció y tú ya estás enterada.

—Entonces, ¿qué hacemos? —preguntó.

—Vámonos para Alemania —le dije y entonces añadí—: Si tú quieres nos podríamos casar en Bad Kissingen, una vez el difunto esté enterrado.

—¡Claro, mi amor! —gritó entusiasmada—. Volvámonos a Nueva York y desde allí podremos viajar a Alemania. Yo tengo una tarjeta bancaria y la podríamos usar para comprar los pasajes.

Tres días después llegamos a Frankfurt y de allí continuamos por tren a Bad Kissingen. Su familia demostró enojo por mi presencia, particularmente el padre, pero yo me hice el desentendido a su rechazo. Pronto serían mis suegros y no había un verdadero motivo para comenzar mal nuestra futura relación.

El señor Drochner tenía información adicional. Cuando llegamos a su casa le entregó a Lena la carta de la CIA. Luego le confesó que ya había contactado al abogado que guardaba el testamento de Heine y él le había informado que Lena debía presentarse a su bufete para llevar a cabo la lectura de éste.

Después de realizar los funerales, nos casamos y nos trasladamos a Nueva York y allí trenzamos nuestro nido amoroso.

"Ahora las horas se pasan veloces
Sin que un mal rato enturbie el amor..."

Nos parecía y aún nos parece que esa bella canción *¡Qué bonito es el amor!* que en aquella época cantaban los Churumbeles de España había sido escrita para nosotros, mi dulce Lena y yo; y para nuestra gran pasión. A menudo la cantamos juntos, ahora que ella, mal que bien, puede hablar en español. Y vivimos desde entonces tan enamorados el uno del otro, ¡para siempre!

Esperanzas y vicisitudes de los nuevos peregrinos

No queriendo despertar a los siete compañeros que compartían su alcoba, Martín Pérez Salas, un salvadoreño que residía como indocumentado en los Estados Unidos, se levantó cuidadosamente de su cama. En la oscuridad encontró a tientas un par de zapatos. Al examinarlos con sus manos le pareció que eran los suyos. Las precauciones que Martín había tomado eran ineludibles. Don Facundo Guardado, el propietario del inmueble, les había advertido seriamente, mejor dicho, les había ordenado, que antes de salir a la calle deberían calzarse en el vestíbulo para no incomodar ni a su familia que dormía en el tercer piso ni a los otros ocho inquilinos que habitaban el primero. Bajó las escaleras con los zapatos colgando de sus manos. Al calzárselos se dio cuenta que uno era negro y el otro marrón.

¡Ah! Por lo menos, no son ambos de la misma pata, se consoló mientras abría la puerta de la calle.

Martín era un hombre de aproximadamente treinta años y de estatura inusualmente más alta, en comparación, a la estatura promedio de sus coterráneos. De cabellos negros y ensortijados que caían sobre su frente ancha, su faz bien delineada tenía el aspecto indómito de sus antepasados pipiles. Pero su alegre sonrisa, constantemente a flor de labios, le daba el aspecto de un cínico vivaracho.

Llegó a Nueva York diez años atrás y desde entonces trabajaba en lo que encontrase con tal de ganar suficientes fondos para su subsistencia y a la vez enviarle dinero a su madre viuda y muy necesitada.

Don Cundo, como todos lo llamaban por respeto, consciente de que su negocio violaba los cánones municipales sobre el número permitido de inquilinos, y a la vez infringía las leyes federales de inmigración que prohibían alquilar viviendas a inmigrantes indocumentados, decidió ocultar los nombres de los países de origen llamándolos los 'nuevos peregrinos' o the New Pilgrims en referencia a los inmigrantes ingleses que habían llegado, también indocumentados, a las costas de Massachussets en 1620 a bordo del barco Mayflower.

En efecto, los nuevos peregrinos llegaban a los Estados Unidos de América, conocido mayormente como Yueséi entre ellos, trayendo un enorme bagaje de sus culturas ancestrales que no era posible perder rápidamente. Sin embargo, el continuo roce social con diferentes culturas y lenguajes regionales les permitía aprender nuevos términos lingüísticos y una enorme variedad de pronunciaciones y definiciones, algunas veces contradictorias, muchas veces hilarantes. A menudo, a través de la interacción, el acento típico del lenguaje de un país o de una región tendía a desaparecer por completo o a amortiguarse paulatinamente, y, a veces, hasta se aprendía a remedar a los otros.

Amanecía ese día oscuro de enero, típico del invierno septentrional, sumamente frío y húmedo. Una leve llovizna cayendo sobre la nieve lodosa que ocultaba residuos de hielo hacía más peligroso transitar sobre las aceras. Mientras eludía los charcos formados por la tormenta de nieve del día anterior, Martín se abrochó hasta el mentón la chaqueta hedionda al humor suyo, pues dormía con ella encima por carecer de frazada. Su lugar favorito sobre la acera de Northern Boulevard para esperar al contratista que le ofrecería trabajo por un día por lo menos, se encontraba a la vuelta de la esquina. La llanta de un carro desplazándose rápidamente y en dirección contraria hizo saltar un grueso chisguete de lodo desde uno de los miles de baches que *adornaban* las calles del condado de Queens, un sector urbano de la ciudad de Nueva York. Oportunamente, el peregrino esquivó el impacto mientras maldecía a gritos al chofer. Sin embargo, un poco de lodo se adhirió a las mangas de su pantalón, pero él ya no le dio mayor importancia a la helada suciedad gratuitamente adquirida porque tenía en su mente otras preocupaciones más importantes.

Al llegar al amplio bulevar observó que cinco peregrinos, todos cohabitantes suyos, estaban ya apostados, esperando ansiosos un contratista que les ofreciera trabajo. En ese mismo momento dos furgonetas se detuvieron frente a ellos. Martín corrió para no quedar fuera de la oferta, pero el peligro de resbalarse y caer detuvo su carrera. Mientras llegaba, cuatro de sus compañeros se subieron rápidamente a los vehículos, quedándose por fuera solamente uno de ellos. *Probablemente*, pensó Martín, *o no lo*

necesitaron o no quiso aceptar la propuesta de empleo
porque le ofrecían una remuneración muy exigua.

—¿Qué pasó, amigo Cuéllar, por qué no te juiste con ellos? —preguntó.

—Esos malditos explotadores ofrecían solamente tres dólares por hora —dijo Ramiro—, y yo les dije que se jueran al carajo porque yo no estaba interesado en limosnas. Mejor me muero de hambre —agregó enojado.

—Y si no vienen más, ¿qué vamos a comer hoy? —preguntó Pérez—. Ayer tuve que pagar las dos semanas que le debía a don Cundo y el bolsillo me quedó *limpiecito*. Y en dos meses no he podido mandarle ni siquiera un miserable giro de cincuenta dólares a mi viejita en El Salvador que tanto lo necesita.

—¡Ay vendrán otros contratistas y tal vez ofreciendo mejor salario, amigo mío! —exclamó su compañero con asombroso optimismo. En ese instante, un carro con dos hombres, aparentemente *nativos,* se detuvo frente a ellos.

—¿Los *señores* están en busca de trabajo? —preguntó respetuosamente, pero con marcado acento inglés, el que venía de pasajero.

—Sí, sí, —gritó Martín.

—¿Cuánto pagan? —inquirió Ramiro.

—Diez dólares por hora en construcción —respondió el chofer.

—¡Vamos, vamos! —urgió Pérez. Una vez quitado el seguro de la puerta trasera, los jornaleros entraron apresurados y jubilosos al vehículo.

Ramiro Cuéllar Vargas, mejicano oriundo de Puebla, era un hombre cuarentón casi de la misma estatura de Martín. Tenía el pelo lacio y azabache, aunque algunas canas ya se asomaban temerosas entre el pelambre corto y aceitoso. Los rasgos de su rostro eran más que todo agradables y sonreía casi constantemente a pesar de las exiguas probabilidades de conseguir empleo diario y la miseria envolvente en que vivía. Llevaba ya ocho años de sufrir su condición de vivir indocumentado.

—*Where do you come from, guys?* ¿De qué país vienen, muchachos? —preguntó inquisitivo el chofer traduciéndose a sí mismo.

—Yo, de El Salvador, y mi amigo Ramiro de Méjico —respondió Martín parcamente.

—¿Hablan inglés?

—Un poquito —respondieron sonrientes y al unísono.

—Mi nombre es *Bob*, *and my friend's is Ben* — dijo el chofer en Spanglish.

—Mucho gusto de conocerlos —les aseguró Ramiro afablemente.

Chofer y pasajero se vieron mutuamente las caras. El silencio acompañó al cuarteto por un largo recorrido. Ramiro conocía esa ruta y se deleitaba observando el paisaje que se escapaba velozmente en dirección contraria. Eventualmente el vehículo se detuvo frente a un enorme y vetusto cobertizo de latón y madera.

—*Go into that warehouse. The door is open. Bring two shovels* —ordenó Bob.

—¿Qué dijo? —preguntó Martín.

—Que entremos a ese galpón y les traigamos dos palas —tradujo Ramiro escuetamente.

Al salir del vehículo los jornaleros corrieron hacia el cobertizo cuyas paredes habían perdido ya su pintura a las inclemencias del tiempo. Si hubieran mirado hacia atrás, es decir hacia sus supuestos empleadores, hubieran detectado la sonrisa maliciosa que se dibujaba en sus rostros. La puerta del galpón se abrió con un simple empujón. Estaba prácticamente vacío, excepto por algunos sacos aparentemente llenos de algo voluminoso que estaban colocados contra las paredes laterales. Un pequeño arrume de palas nuevas y brillantes estaban colocadas contra la pared del fondo. Los peregrinos corrieron a cumplir la orden. Pero las palas estaban fuertemente atadas con cadenas y en grupos de seis. Tratando apresuradamente a llegar a desamarrarlas, Martín y Ramiro no se dieron cuenta de que la puerta del galpón se había cerrado —herméticamente— tras de ellos. No pudieron desatar las palas y decidieron informárselo a sus contratistas. Al tratar de abrir la puerta, se enteraron de que realmente se habían quedado enjaulados.

—¡Ay, qué canijos éstos! —exclamó Cuéllar con voz preocupada después de gritar a sus supuestos patrones pidiendo que los sacaran de su encierro. Enseguida observó un pequeño agujero en la parte alta del portón—. Ayúdame a subirme sobre tus hombros para ver si esos desgraciados todavía están allí en el coche —agregó.

Martín se agachó y el compañero se paró sobre sus hombros.

—En este momento se están largando los malditos, pero detrás del auto hay un cable largo echando chispas —exclamó alarmado.

—Y ¿parónde va ese cable? —preguntó Martín.

—¡Carajo, viene para acá! —gritó desesperado Ramiro.

—¡A la puta, mano! Aquí al lado hay una caja con un letrero que dice: *"DANGER – DYNAMITE"*. ¡Bajate ya, y corramos a protegernos debajo de las palas! —sugirió agitado.

Apenas se habían cubierto con ellas, una violenta explosión destruyó la puerta del galpón. El techo también voló en pedazos en todas las direcciones y las viejas paredes pronto ardieron en profusas llamas. Una segunda explosión, aunque menor, se oyó segundos después. Cuando la humareda causada por la primera explosión se disipó, nuestros peregrinos vieron el carro de sus supuestos empleadores lamido por llamas por dentro y por fuera. Milagrosamente, los peregrinos no habían sufrido daños corporales. Corrieron hacia el vehículo y lograron sacar inmediatamente al chofer que se debatía entre lenguas de fuego. Martín se quitó rápidamente su chaqueta hedionda y percudida y con ella envolvió el cuerpo de Bob para sofocar las llamas que ardían en la ropa y quemaban su chaqueta de cuero. El acre hedor que despedía les causó violentas náuseas y conatos de vómito. Ello les impidió socorrer inmediatamente a la otra víctima. Cuando trataron de auxiliarlo, Ben ya había sido prácticamente consumido por el fuego. La inesperada tragedia en la que ellos, supuestamente, debían haber sido las víctimas los dejó atónitos. Se dieron cuenta de que se encontraban en un paraje desolado. Una carretera parecía pasar en la distancia pues se oía claramente el ruido de los motores de camiones que, transitando veloces, rasgaban el viento. Mientras se miraban tratando de decidir qué deberían hacer con el cuerpo quemado de su frustrado victimario, escucharon el repetitivo campanillazo de un teléfono celular. Buscaron ávidos el aparato por todas partes, pero no atinaron a encontrar su procedencia. Finalmente, Martín concluyó que el llamado provenía de dentro de la ropa de Bob. Con mucho tacto abrió la chaqueta y extrajo el celular que continuaba sonando. Se lo pasó a Ramiro. Éste apretó un botón y se oyó claramente la voz de una mujer que gritaba impaciente:

—*John, where are you? Answer me!*

—¡Aló! ¡Bueno! —el mejicano respondió tímidamente.

—*Who* is this?

—*Bob is wound… burnt* —contestó Cuéllar en su limitado inglés.

—¿Habla español? —preguntó la mujer al detectar su acento extranjero—. Él se llama John Robert, pero lo llamamos Bob, — explicó.

—¡Sí, sí, claro! Yo entiendo. Bueno, pues John o Bob parece estar muy quemado, pero está vivo, aunque desmayado, inconsciente, pues.

—¿Dónde están en este momento?

—No sabemos exactamente, pero hace un rato doblamos por la ruta ciento-siete-sur, saliendo de la Southern State Parkway. Tal vez estemos a unas dos o tres millas de la SSP. Estamos frente a un viejo galpón que ya está desapareciendo entre las llamas…

—Yo sé dónde se encuentra ese lugar. ¡Voy para allá! —gritó la señora con voz histérica—. Antes de salir pediré una ambulancia para quemados.

—Aquí la vamos a esperar —dijo Ramiro y apagó el celular.

—¿Qué te parece, Ramiro? —preguntó Martín con semblante amargado—. Estos desgraciados gringos querían hornearnos y los horneados fueron ellos —agregó jubiloso—. ¡Vámonos ya diaquí, carajo, antes que nos echen el muerto a nosotros y la culpa de todo lo que ha pasado! —recomendó en tono preocupado.

—¡No te cagues en los calzones, hombre! —replicó el mejicano—. Saquémosle provecho a la situación —aconsejó—. Cuando nos pregunten qué hacíamos por aquí, les diremos quiay andábanos buscando trabajo en agricultura y quiay veníanos cerca cuando oímos las explosiones y corrimos a darles auxilio a las víctimas. Si este chingado de John no se muere, no podrá contradecirnos porque de lo contrario tendría que admitir que *ellos* eran los que nos querían matar, ¿me entiendes, mendes?

—Pues, sí, tenés razón —respondió el salvadoreño—. Y ¿qué va a pasar después? ¿Nos darán recompensa por haberle salvado la vida o no?

—Es muy probable que nos den alguna compensación. Esperemos a ver qué dice la doña —concluyó Ramiro y se sentó a la orilla del camino a fumarse un cigarrillo. Martín se sentó a su lado, a esperar que le brindara la colilla.

Al rato llegó una joven y hermosa mujer en un Mercedes último modelo.

—¿Son ustedes los que auxiliaron a mi esposo? —preguntó mientras se oía a lo lejos el ulular de una ambulancia. Su bello rostro, aunque obviamente castigado por la angustia causada por el accidente, presentaba rasgos afables y bondadosos.

—¡Sí, señora!

—Y esa chaqueta ¿es de alguno de ustedes?

—Es mía —dijo Martín—. Es decir, *era* mía —agregó al verla pegada al pellejo chamuscado de John.

Mientras los enfermeros preparaban al paciente para trasladarlo al hospital, la dama se llevó a los indocumentados hasta su coche. Sacó de la guantera un fajo de billetes y se lo entregó a Martín.

—Para los dos —explicó—. Yo sé que ustedes merecen más, pero es lo que puedo darles por ahora. Si necesitan trabajo, búsquenme en la dirección que está en esta tarjeta.

—Es más que diez dólares por hora —comentó Ramiro alegremente mientras se alejaban del siniestro lugar. Son doscientos *pitiquirres*, como los llama don Francisco en *Sábado Gigante* de Univisión. Toma tu parte —agregó y le pasó cien dólares en billetes nuevos.

—Gracias a Dios y a la dinamita! —exclamó Martín—. Y ¡qué hermosa esa hembrota! —masculló entre dientes.

—¡Hermosa y rica, mano! Y a lo mejor muy pronto va a ser viuda —comentó Cuéllar suspirando.

Ramiro se adelantó con la mente llena de preguntas sobre el extraño suceso que les había ocurrido. Martín se agachó a sacarse unos pedruscos que se habían metido en uno de sus zapatos bicolores que lo martirizaban al caminar. Un carro pasó veloz cerca de él y luego se detuvo frente a los restos todavía humeantes del difunto galpón. Martín vio de reojo al extraño bajándose de su automóvil de color plateado, pero no le preocupó su presencia, aunque lo observó hurgando febrilmente entre las cenizas con la punta de su zapato.

Luego, los peregrinos continuaron caminando y después de un largo recorrido llegaron a la autopista que recorre en forma longitudinal el sureste de Long

Island. Continuando su camino pronto encontraron un restaurante. Hambreados, se sentaron a una mesa a desayunar. Un joven robusto con aspecto hispano se detuvo a la mesa contigua a recoger los platos sucios y los desperdicios dejados por los clientes.

—Perdone, señor, ¿usted habla español? —preguntó Martín.

—Claro! ¿Qué se les ofrece?

—Necesito comprarme una chumpa o chamarra, aunque sea usada, porque está haciendo un frío cabrón —dijo Martin titiritando—. ¿No sabe si hay alguna tienda de ropa por aquí cerquita?

—Bueno, yo tengo una chompa o chumpa o chamarra, como la llamen ustedes, que ya no me queda buena porque he engordado demasiado. Si quiere se la puedo vender en cinco dólares. Está prácticamente nueva.

—Y ¿la tiene aquí… en el restaurante?

—Sí. Ahorita se la traigo —dijo y pronto desapareció.

—¿Cómo se llama usted? —preguntó Pérez cuando el empleado volvió con una prenda de color oscuro colgando de su brazo.

—Casimiro Siempreviva, a sus órdenes. Y ustedes ¿andan buscando trabajo o ya tienen? —preguntó un poco inquieto pues le estaba vedado charlar en demasía con la clientela.

—Pues en este momento no tenemos chamba, pero una señora nos dio esta tarjeta —dijo Ramiro mostrándosela—, y nos prometió darnos empleo. Pero no sabemos cómo llegar a su casa en Hampton Bays. ¿O es que hay trabajo aquí en el restaurante? —preguntó esperanzado.

—No, no que yo sepa —dijo Casimiro—, pero si ustedes quieren buscar a esa señora, de aquí a cinco cuadras al oriente está la estación del tren que pasa por Hampton Bays.

Pérez pagó por la chamarra y al terminar su desayuno, siguiendo las instrucciones de Casimiro, pronto tomaron el tren. Después de veinte minutos de viaje llegaron a su destino. Luego de inquirir con varios transeúntes cómo llegar a la dirección de Rosario Valcárcel, se encontraron frente a una elegante y amplia vivienda que bien podría haber sido catalogada como mansión. En el jardín frontal había una pequeña fuente para los pájaros y la rodeaban varios grupos de plantas marchitas y cubiertas con vestigios de nieve ennegrecida por la contaminación ambiental.

—La señora nuestá —dijo la empleada que abrió la puerta—. Se fue para el hospital en Shirley ay donde está recluido el señor John Robert. Pero ya no tarda en venir, vaá. Si gustan esperarla ay lo pueden hacer sentados en ese banco del jardín —dijo señalando una de dos bancas de cemento frente a la rampa de estacionamiento.

El sol se hizo presente, ofreciendo un incipiente calor reconfortante para los peregrinos. Mientras esperaban el retorno de Rosario, un individuo muy bien trajeado llegó en una elegante limusina plateada. Éste se dirigió a ellos con obvia suspicacia en su rostro.

—Esta es una propiedad privada. ¿a quién esperan? —preguntó en inglés.

—A la señora Rosario Valcárcel —respondió Cuéllar—. Ella nos prometió darnos trabajo…

—¿*Trabajo*? ¿Y de qué? —interrumpió el extraño.

—Pues no sabemos qué tipo de trabajo nos va a dar —dijo Ramiro—, pero ella nos dio esta tarjeta y nos pidió que la buscáramos.

El extraño no dijo más y luego de alejarse se metió en su elegante vehículo y se puso a leer un periódico.

—Mirá, Ramiro —susurró Martín—, ese *baboso* llegó en ese mismo carro cuando ya nos veníamos de allá diónde se quemó el otro. Yo lo vide caminando por entre las cenizas del galpón como siay estuviera buscando algo. ¿Será policía o detective?

Cuéllar no comentó sobre la especulación de su amigo. Varios minutos después llegó la señora Valcárcel.

—Vengan a mi oficina —les ordenó. Ambos la siguieron como borregos. Detrás de ellos venía el individuo de la limusina elegante. Éste la besó en la mejilla y se quedó de pie junto a ella.

—Les presento a mi cuñado, Camilo Uribe, primo del *mesías* colombiano —dijo crípticamente, pero riéndose—. Díganme sus nombres y cuéntenme ¿qué fue lo que pasó frente al galpón? —preguntó mientras se acomodaba en una silla colocada detrás de su escritorio.

Los peregrinos se identificaron con sus verdaderos nombres y luego de verse el uno al otro, Ramiro, por precaución, decidió dar una dolosa versión de los hechos que naturalmente no concordaba con la verdad. Martín lo secundó con su silencio.

—Andábanos caminando por las orillas de las sementeras de papas buscando algún trabajito —dijo un poco azorado porque sabía que estaba mintiendo—. Pero como no es la temporada de siembras, pues no encontrábanos nada que hacer. De repente, oímos una tremenda explosión y corrimos en dirección de donde se había producido el bombazo. Y allí vimos que el galpón y un carro estaban ardiendo. Logramos sacar a su esposo y lo cubrimos con la chamarra de Martín para apagar las llamas. Al otro no pudimos darle auxilio porque se había chamuscado completamente. De allí oímos el ruido de un celular y cuando lo encontramos usted habló con nosotros. El galpón quedó reducido a cenizas antes de que usted llegara.

—Camilo —dijo Rosario, dirigiéndose al cuñado—, ¿tú le encuentras algún sentido a este rompecabezas?

—¡Ninguno, cuñadita! —respondió Camilo al instante.

—¿Alguien de ustedes sabe cómo se llamaba el acompañante de John Robert? —preguntó Rosario.

—¡Sí! —dijo Pérez impulsivamente—. Se llamaba o se llama Ben...

—¿Ustedes lo habían visto antes? —inquirió Camilo mientras se colocaba nuevamente al lado de la señora. El gesto fruncido de su rostro indicaba cinismo e incredulidad.

Ramiro se apresuró a contestar:

—¡No! Nunca lo habíamos visto...

Rosario se sintió frustrada.

—Entonces ¿cómo saben que se llamaba Ben? ¿Están ustedes tratando de ocultarme algo que no quieren que sepa? —preguntó en tono suspicaz.

—No, no, señora —mintió Martín—, lo que pasó fue que Bob tuvo un momentito de lucidez, vaá, y preguntó por Ben. Y por eso yo supuse que así se llamaba el chamuscado.

El mejicano permaneció absolutamente callado, implícitamente secundando la mentira de su amigo.

—¿Conoces tú algún amigo de Bob que se llame Benjamin o Ben? —le preguntó a Camilo.

—No, cuñadita. Aunque estoy tratando de acordarme de alguno con ese nombre, no se me viene nadie a la memoria. Pero dime, ¿qué fue lo que le pasó a Roberto? Laura me dijo que había sufrido un terrible accidente, pero no me especificó…

—El auto del amigo que lo acompañaba estalló en llamas y el amigo falleció. John está horriblemente quemado. El doctor dijo que aunque el pronóstico es alentador, su recuperación requerirá mucho tiempo. Y no me quiso decir más. Me pidió, sin embargo, que volviera dentro de tres horas. Mientras tanto lo tienen sedado para calmarle sus dolores que deben ser horribles, supongo yo.

Sonó la campanilla del teléfono y la señora lo levantó al instante.

—¡Sí, señor! Con ella habla. Benjamín Weintraub, ¿dice usted? —dijo ella en inglés—. No tengo idea de quién pueda ser. Mi cuñado y yo estábamos precisamente hablando de que no conocemos a nadie con el nombre de Benjamin… Estaba interrogando a la pareja de labradores que rescataron a mi esposo del vehículo incendiado, pero no pudieron hacer nada por ese señor que, según ellos, y ahora según usted, se llamaba Ben. ¡Con mucho gusto! Lo estaremos esperando —dijo por fin y colgó.

—¿Quién te llamó? —preguntó el cuñado.

—Se identificó como el sargento Alan Brandeis de la DEA en Centereach —dijo Rosario—. Ya viene para acá a interrogarnos a todos —agregó y comenzó a acicalar su escritorio que se veía un poco polvoriento y cubierto a medias por fajos de papel y otras chucherías.

—¿Te oí bien? ¿Dijiste la DEA o sea la Agencia de Control de Estupefacientes? —inquirió Camilo con aire preocupado.

—¡Exactamente! ¿Pero... por qué te inquietas?

—¡No, no, mujer! ¡Yo no estoy inquieto! —ripostó airado—. Pero tampoco quiero involucrarme con ninguna agencia del gobierno federal... Especialmente la DEA. En todo caso, yo no sé nada del asunto. Así que me voy a casa. Si tu hermana llama dile que voy para allá —agregó extrayendo una cajetilla de cigarrillos—. No te preocupes, no voy a fumar aquí adentro porque sé muy bien que no te gusta el humo del tabaco —dijo y se marchó rápidamente.

—Dale un besito a Laura y ¡mil gracias, cuñado, por tu amabilidad! —dijo Rosario, genuinamente agradecida. Luego preguntó solícita a los jornaleros: «¿Quieren tomar un café o comer algo sólido como un emparedado de atún o algunas galletas?».

Ramiro se puso de pie.

—Muchas gracias por su bondá, señora, pero yo creo que *nosotros* también tenemos quirnos a seguir buscando trabajo, pues —dijo halando la manga de la chaqueta del salvadoreño. Éste se puso de pie y lo siguió hacia la puerta.

—Pero ¿qué le voy a decir al sargento Brandeis cuando llegue y pregunte por ustedes? —exclamó preocupada.

—No sé qué le va a decir, señora —dijo Cuéllar—, pero nosotros no tenemos papeles y esués lo primero que ese sargento nos pediría. Y por eso no podemos quedarnos aquí.

—Comprendo. Y yo tampoco puedo decir que ustedes trabajan para mí porque me metería en problemas por emplear indocumentados —comentó Rosario con un rictus de tristeza y desasosiego.

—No se preocupe, señora —dijo Martín pasando el umbral de la puerta—. Un día de estos vendremos a pedirle trabajo. Ay cuando ya siaigan resuelto sus problemas.

—Nos vamos de volada —acotó Ramiro—, antes de que ese oficial llegue.

—¡Un momento! —gritó la señora—. Se me ha ocurrido una gran idea. Los voy a meter en el garaje que está aquí al lado. Pero ustedes tienen que mantenerse quietecitos y muy calladitos mientras el sargento esté aquí. Tan pronto se vaya los llamaré para que almorcemos juntos y también hablaremos sobre qué podría hacer yo por ustedes ¿Qué les parece mi idea, chamos? —preguntó esperanzada.

—Pues no sé, señora, qué decirle —dijo el mejicano preocupado—. Y tú, Martín, ¿qué dices?

—En lo que vos digás yo te acolito —respondió el salvadoreño sonriendo, aunque interiormente preocupado.

Se metieron al garaje y allí encontraron varias revistas y periódicos venezolanos de fechas remotas. Para pasar el rato se pusieron a darles un vistazo, aunque sin hacer comentarios sobre lo que leían para no delatarse haciendo bulla. Lo gracioso es que aun sin comentar nada entre ellos ambos concluyeron que la señora o su esposo por fuerza tendrían que ser venezolanos. Al rato oyeron que alguien llegaba; y luego las voces de dos hombres y una mujer ingresando a la oficina.

Pudieron escuchar la amena conversación, pero no entendieron lo que decían, principalmente porque, como era natural, la señora y los visitantes hablaban rápido y en inglés. Los dos peregrinos comenzaron a sentirse impacientes. De pronto, Ramiro sacó su cajetilla de cigarrillos y encontrando solamente dos, cogió uno para él y le dio el otro a su amigo. Encendieron sus pitillos. Nerviosamente, ambos formaron coronas de humo. Se reían en silencio mientras apostaban quién de los dos hacía el mejor redondel.

En la oficina de la señora, mientras tanto, el sargento Brandeis, después de haber presentado al agente Javier Baldomero, su subalterno, interrogaba a Rosario en términos conversacionales sobre las actividades financieras de su esposo.

—John Robert ha estado desempleado por varios meses —dijo ella en tono de disculpa —pues el negocio donde trabajaba, una cadena de almacenes de instrumentos para la construcción, tuvo que cerrar y la mayoría de los ejecutivos quedaron a la deriva. Gracias a Dios, los clientes de mis cinco floristerías no me han desertado enteramente a pesar de la horrible pesadilla económica que estamos sufriendo y he podido mantener la casa, aunque tuve que despedir a mi chofer y a una de mis muchachas.

—¿Cuándo fue la última vez que vio a su esposo antes de la tragedia? —preguntó Baldomero.

—Esta mañana se levantó tempranísimo; como a eso de las seis o probablemente antes. Vino a mi alcoba a informarme que tendría una entrevista con una persona que le había prometido conseguirle trabajo. Le pregunté de qué tipo de trabajo se trataba y me dijo que eso, por el momento, era un secreto pero que al regresar me lo confiaría. Y se fue inmediatamente en su propio automóvil.

—¿Qué tipo de vehículo maneja su esposo? —inquirió Brandeis.

—Un Camry del 2007.

—Aquí hay algo que en verdad no encaja —dijo Baldomero—: el vehículo que su esposo manejaba en el momento del accidente era un Toyota Corolla que, según el Departamento de Vehículos Automotores de Nueva York, está registrado a nombre de un Robert Valcárcel, pero su dirección aparece como 18-30 de Bell Boulevard en Bayside, Queens, y no en Hampton Bays. ¿Ustedes son dueños de alguna propiedad en esa dirección? En realidad, no se trata de una casa, sino de un condominio —añadió.

—No, señor agente Baldomero. Ésta es nuestra única vivienda y, que yo sepa, él nunca ha tenido a su nombre ningún que otro inmueble; y ya llevamos diez años de casados. Probablemente se trate de un error. No recuerdo que Bob me hubiera mencionado alguna vez que quería adquirir o que ya había adquirido un apartamento en condominio. Entre él y yo, por lo general, siempre ha habido buena comunicación.

—Hay algo que me inquieta demasiado con respecto a la relación de su esposo con Benjamin Weintraub —interrumpió Brandeis—. Varias veces nuestra agencia acusó a este señor de estar involucrado en el negocio de distribución de estupefacientes y de lavado de dinero. Fue detenido y enjuiciado en otros estados fuera de Nueva York, pero nunca fue encontrado culpable. Otro punto interesante y muy misterioso es que la policía, que llegó una hora después al lugar del siniestro, encontró entre las cenizas del galpón dos restos de billetes de cien dólares que, milagrosamente, no habían sido completamente destruidas por las llamas. Eso nos ha hecho pensar que esa evidencia fue plantada allí después de que todos se fueron.

—Pero ¿cuál sería el propósito? —preguntó Rosario intrigada.

—¡Magnífica pregunta! Nosotros creemos que lo hicieron con el fin de engañar a los investigadores o tal vez a alguno de sus jefes o rivales. Aunque esta pesquisa —continuó el sargento—, no es todavía una indagatoria formal, me gustaría buscar alguna evidencia de los negocios secretos de su esposo. Si a lo mejor usted me dejara hurgar su closet o en el garaje…

Rosario estuvo a punto de decir que sí pero pronto recapacitó.

—Me gustaría complacerlo, sargento, pero el doctor que atiende a mi esposo en el hospital me pidió que volviera antes de las tres y ya son las dos de la tarde. Le prometo que atenderé su pedido —añadió diplomáticamente—, mañana o pasado mañana. ¿Está bien así?

—Por supuesto, señora —no le quedó otra que decir a Brandeis—. Aquí le dejo mi tarjeta. Allí está escrito mi número privado. Le ruego lo utilice solamente en caso de una emergencia real. En los próximos días nos mantendremos en comunicación porque temo que esta es una de esas investigaciones que toman mucho tiempo —añadió sin ofrecer detalles.

—¡Un momento! —dijo Baldomero—. Se nos había olvidado recordarle que usted nos prometió tener aquí a los dos samaritanos que auxiliaron a su esposo. ¿Dónde están, nos podría informar?

—Esos hombres se marcharon porque su patrón vino a buscarlos y se los llevó para que terminaran el trabajo que ya habían comenzado cuando oyeron la explosión —mintió Rosario.

—¿Usted conoce a ese empleador? —preguntó Brandeis.

—No, no lo conozco. Esta fue la primera vez que lo he visto. Lo siento mucho —mintió la señora con aire falsamente compungido.

—Bueno. Está bien —dijo el sargento mientras se dirigía a la puerta.

Luego que los agentes federales hubieron abandonado la mansión de Valcárcel y su vehículo había desaparecido, Rosario abrió la puerta del garaje y llamó a los peregrinos.

—¡Rápido, vengan conmigo! —les dijo.

Martín y Ramiro la siguieron dócilmente. Ella abrió la puerta de una alcoba y los invitó a entrar con un gesto silencioso de su mano. Se quedaron atónitos al contemplar el suntuoso decorado y los lujosos muebles de los que hacía gala; haciéndolos titubear en su marcha hacia más adentro.

—En esos clósets —dijo Rosario—, hay trajes que seguramente les quedarán muy bien a ustedes pues la estatura y tamaño de mi marido son más o menos iguales a los de ustedes. En las gavetas de los armarios encontrarán ropa interior y calzado. Aféitense y dúchense con prisa y luego elijan el traje que mejor les convenga. Y luego vienen al comedor para que almorcemos antes de irnos.

***

—¿Cree usted que la señora Valcárcel nos dijo la verdad? —preguntó Javier Baldomero a su jefe.

—En este momento no sabría qué contestarte —dijo el sargento Brandeis—. Me llamó la atención, sin embargo, el hecho de que esa señora no fuma pues no hay una sola indicación de que ella fuera una persona fumadora. Pero el olor a humo de cigarrillo que parecía provenir del garaje era demasiado intenso para que fuera una sola persona fumando. Por eso yo le pedí que nos permitiera examinar su casa para ver a quién escondía. Y vi el gesto de angustiada sorpresa cuando le mencioné el garaje. Estoy seguro de que allí había alguien, si no escondido, por lo menos escuchando lo que estábamos hablando.

—¿Y no podría haber sido la sirvienta la que estaba fumando en compañía de su novio o de una amiga?

—En ese caso la señora no se hubiera turbado, ¿no crees?

—Tal vez sería aconsejable esperar hasta que ella saliera y ver quiénes viajan con ella.

—Lo haría, Baldomero, pero tengo mucha urgencia de regresar a la oficina.

***

Ni cortos ni perezosos, los peregrinos hicieron lo ordenado con la mayor alacridad posible. Luego que ambos estuvieron trajeados se presentaron al comedor. Arbélica, la sirvienta, una trigueñita pizpireta de ojos negros y vivaces, se maravilló del cambio tan radical de los dos personajes invitados a compartir la mesa con su patrona pues los reconoció al instante a pesar del cambio a elegantes vestimentas.

Rosario, sin embargo, queriendo mantener en secreto la identidad de sus elegantes comensales, puso su dedo índice sobre sus labios para indicarles que debían guardar silencio absoluto. Ellos obedecieron, aunque secretamente extrañados por el cambio tan brusco de la dama y se preguntaban cuál sería su verdadero propósito.

—Arbélica —expresó la dama—, estos dos caballeros son mis primos que acaban de llegar de Venezuela. Éste es Ramiro y ese es Martín —dijo señalándolos—. A los pobres les robaron las maletas en el aeropuerto y tuvieron que vestirse humildemente como jornaleros. Por favor, trátamelos con cariño y respeto.

—Sí, señora, cómo usted mande —replicó la sirvienta.

—Ramiro, ve a mi limusina y tráeme una bolsa grande de color azul que dejé en el maletero —ordenó la dama.

—¡Claro, *prima*! —dijo Cuéllar sonriendo.

—Ahora, llévalo a mi alcoba. Es esa que está al lado de la de mi marido —dijo ella, una vez el *primo* hubo regresado con el encargo.

Rosario subió tras del falso primo, cerró la puerta y luego comenzó a hurgar la vestimenta chamuscada de su esposo. Se alegró de encontrar una llave desconocida en el bolsillo del retazo de sus pantalones.

Invitó a sus *parientes* a una sopa y emparedados y después de haberlos consumido subió a su alcoba a cambiarse a una ropa más elegante. Bajó de la alcoba e invitó a los jornaleros a seguirla. Se olvidó de llevar consigo su propio celular, pero en cambio llevó el de su esposo. Entraron al coche y salieron con rumbo a Riverhead por la Ruta 24 a empatar con la 495, comúnmente conocida como LIE, o Long Island Expressway.

—Tenemos que ir a Bayside, Queens, primero que todo —dijo—. A donde quiera que vayamos los presentaré como mis primos venezolanos que estando recién llegados no hablan una sola palabra en inglés. ¿Entendido?

—Sí, señora, como quiera —dijo Ramiro con obvia reticencia—, pero usted nos dijo que nos iba a dar trabajo y eso es lo que estamos necesitando para cubrir nuestras deudas y para mandar algunos dólares a nuestras familias.

—Te comprendo —dijo la falsa prima—. Por favor, de hoy en adelante, ambos deben tutearme para poder representar bien la farsa de nuestro parentesco y también para no meternos en camisa de once varas. En cuanto al trabajo, yo les pagaré ciento cincuenta dólares diarios a partir del momento en que salvaron a mi marido. También les proveeré alimentación diaria y alojamiento.

—¿Y qué le dirás a Camilo? —preguntó Martín ya tuteándola como se le había ordenado—. Él sabe que no somos parientes —añadió.

—No tienen por qué preocuparse. Hablaré con Camilo tan pronto lo vea. Pero ¿ambos tienen pasaportes mexicanos o no? —preguntó de repente.

—Yo tengo matrícula consular —dijo Ramiro.

—Y yo tengo pasaporte salvadoreño —acotó Pérez.

—¡Ah, vaya! Y yo tenía la impresión de que ambos eran mexicanos porque parece como si fueran hermanos —comentó Rosario.

—Somos hermanos en nuestra pobreza —dijo Cuéllar con aire tristón.

—Y ¿ambos se conocieron acá o en sus países?

—Yo vine hace ocho años a Nueva York y me quedé porque no he podido juntar suficientes dólares para regresar.

—Y ¿tú, Martín?

—Yo me vine en 1997. Pero pasé un año en una cárcel de Tijuana porque no tenía con qué pagar la multa que me impuso el juez por haber ingresado a Méjico sin papeles de inmigración.

—¡Un *año* en la cárcel, Dios mío! —dijo Rosario sorprendida—. ¡Esa es una grave injusticia!

—Sí, pero ese es el *precio de la esperanza* —dijo Pérez en tono filosófico.

—A propósito: Arbélica, mi sirvienta, es salvadoreña.

—Estuve a punto de preguntárselo porque cuando nos abrió la puerta y nos dijo que la esperáramos a usted en el jardín, yo le sentí un poquito de acento guanaco.

—¿*Guanaco*? ¿Qué es eso?

—Eses es el apodo que nos dan a los salvadoreños en Centroamérica —respondió Martín.

—¡Olvídense de que son guanacos o mejicanos! —dijo Rosario riéndose—. De hoy en adelante y hasta próximo aviso ambos son venezolanos, ¿han entendido? —preguntó seriamente.

—Trataremos de no olvidarlo —prometieron al unísono los peregrinos.

—¡Muchas gracias! Pero ¿ambos viven ahora en el mismo lugar?

—Sí —dijo Ramiro—, en un sector de Queens que llaman Bayside. Allí dormimos hacinados en dos cuartos, ocho inquilinos en la alcoba superior y siete en la de más abajito.

—¿Ocho personas adultas en una sola cama?

—No, unos duermen en cama y otros sobre colchones en el suelo. El primero que llega en la noche tiene el derecho a escoger su *nido*.

—¡Qué barbaridad! —exclamó la generosa señora.

Continuaron charlando sobre variados temas hasta que ella encontró la salida a Cross Island Parkway. Tomó la ruta norte y pronto se abocó a la salida a Bell Boulevard. Estacionó su auto cerca de la puerta de ingreso al condominio donde supuestamente John Robert poseía una unidad habitacional. Se componía éste de dos edificios de quince pisos cada uno y se les identificaba como *Bayside Luxury Condominium Club*. El centinela a la entrada los detuvo:

—¿A qué unidad van, señores? —preguntó en voz alta y suspicaz. (En inglés, por supuesto.)

Rosario no se acobardó por no saber la respuesta. Sacó una billetera.

Dentro de ella tenía una fotografía de su esposo junto con ella. Se la mostró al centinela y mientras él observaba la foto, Rosario leyó el nombre —Roland Wogsland— en la etiqueta que colgaba de la pechera de su camisa.

—*That's Mr. Robert Val...,* —dijo el centinela reconociéndolo, pero sin atreverse a pronunciar su apellido por temor a no pronunciarlo correctamente—. Es el 3H, *almost in front of the elevator* —añadió.

—*Thank you!* ¿Ha visto a mi esposo últimamente, señor Wogsland? —preguntó la dama en inglés—. O ¿no sabe si él está allí con alguno de sus amigos o *sus amigas*?

—No, señora. Llegó muy temprano esta mañana. Y luego se marchó.

—¿No le dijo para dónde se iba? —preguntó; aunque estaba segura de que Bob, siendo muy discreto y altanero como era, nunca hubiera confiado esa clase de información a un simple empleado del condominio. La respuesta del centinela la sorprendió.

—Tan pronto llegó vino a buscarlo un hombre que dijo llamarse Ben. Le traía una maleta muy grande. Luego de subirla a su apartamento, se marcharon juntos en el carro de Mr. Robert.

—¡Mil gracias! Eso era lo que yo quería saber —dijo Rosario.

—*And you?* — preguntó a los dos peregrinos.

—*They are my cousins and are coming up with me* —dijo la dama.

—*Oh!* ¡*Fine, go ahead!* —exclamó el centinela.

Al ingresar al apartamento, Rosario buscó alguna evidencia de la presencia de otra mujer, porque sospechaba tener una rival desconocida. En la única alcoba encontró varias prendas íntimas femeninas regadas alrededor de la cama, pero no hizo comentario alguno. Ese hallazgo, sin embargo, le confirmó plenamente sus sospechas. Encontró también un contrato de arrendamiento del condominio en la gaveta de un escritorio en cuyo documento se determinaba que su dueño era Benjamin Weintraub. Más abajo encontró dos pasajes de ida en Mexicana de Aviación para Acapulco. Esos documentos evidenciaban, el primero que el inmueble no era propiedad de su esposo y el segundo que su maridito planeaba volar lejos del nido. Le llamó la atención que el segundo tiquete aéreo estaba a nombre de Sara Wogsland. *¿No era ese el apellido del centinela? ¿Será ella la esposa o la hermana de ese malandro?*, se preguntó. Luego guardó el contrato y los pasajes aéreos en su bolso sin hacer comentario al respecto. Continuó buscando más evidencias. Debajo de la amplia cama divisó una maleta grande y les pidió a sus acompañantes que la extrajeran para examinar su contenido. Pero comprobaron que estaba cerrada con llave.

—Busquen en las gavetas de la cocina algo con qué cortar —les ordenó.

Martín se apareció pronto con una afilada tijera.

Al abrir la maleta la encontraron llena de fajos de billetes en dólares de varias denominaciones, y, por su aspecto arrugado, era obvio que eran viejos y, por lo tanto, probablemente genuinos.

Mi marido está involucrado en el negocio de la droga y lo más seguro es que trabaja para o con Benjamin Weintraub, pensó; pero no se atrevió a exteriorizar su amarga sospecha.

Mientras tanto, el guardián decidió dar la voz de alerta a Benjamin. Como era lógico de suponer, él ya no podía contestar su llamado porque ya había pasado a mejor vida. Tendría que llamar a Bob, se dijo, y procedió a hacerlo. El celular de Bob sonó dentro del bolso de Rosario. Ella lo extrajo e imitando la forma típica y lacónica de su esposo al contestar el teléfono, gruñó:

—*Yeah?*

—Su esposa acaba de entrar al apartamento y temo que encuentre lo que no debe encontrar —dijo el centinela.

—*No problem!* —comentó Rosario con voz gruesa, exactamente como lo hubiera hecho Bob.

—Y si trata de llevarse la maleta de Ben, ¿la dejo que lo haga?

—*Yep!*

—*See you later. Bye!* —dijo el centinela.

—*Bye!* —replicó la doña emocionada—. Llévense la maleta para mi automóvil y guárdenla en el maletero. ¡Ah! Y ni siquiera vuelvan a mirar al centinela. No, mejor no, díganle, al menos, adiós con la mano —ordenó.

Una vez en el vehículo, Rosario pidió a los peregrinos que la dirigieran para conocer el *hotel* donde ellos se hospedaban. Se detuvieron para pedirle al casero que les entregara los documentos de identidad que les había retenido para evitar que se esfumaran sin pagar.

—¡Híjoles! —exclamó don Cundo una vez los hubo reconocido. Sus rostros lucían recién afeitados y su elegante atuendo les daba la presencia de gente muy acomodada—. ¿De dónde han sacado tanta lana para convertirse en puros caballeros andantes de la mañana a la tarde? —preguntó maravillado.

—¡Ah, paisano! —dijo Ramiro orgulloso—. Hoy jué nuestro día de suerte. Nos conocimos con una señora a todo dar y ya nos dio empleo como sus asistentes.

—Y también nos va a pagar buenos salarios y además nos va a dar alojamiento y comida encima del sueldo —apuntó Martín sonriendo de oreja a oreja—. Por eso es que vinimos pa' que nos devuelva los papeles.

Durante su ausencia, la dueña se había comunicado con la agencia aérea de Mexicana de Aviación para averiguar el origen de los pasajes a Acapulco y si esos tiquetes habían sido pagados con su tarjeta de crédito mancomunada. La respuesta fue su mayor sorpresa. «No, esos pasajes fueron pagados por una persona de nombre Benjamin Weintraub», reportó la empleada de la agencia aérea. *¡Qué bueno es saberlo, coño!*, se dijo Rosario sorprendida.

Volvieron al coche y se marcharon a Shirley a visitar a Bob.

—No les he preguntado todavía si en sus países asistieron a alguna escuela o colegio —dijo la patrona—. Y no es que yo sea metiche, pero esa información me servirá para determinar qué tipo de trabajo les podría ofrecer en mis floristerías. A ver, Martín, dime: ¿qué grado de educación tienes tú?

—Yo terminé mi secundaria en el Liceo Sonsonateco de Sonsonate. Esa ciudad es la cabecera del departamento del mismo nombre y está a quince kilómetros de Izalco, mi pueblo natal —explicó y luego agregó—: como no podía seguir estudiando ni tampoco conseguía trabajo decidí arrancarme para los Estados Unidos. Mi mamá hipotecó la casita que nos había dejado mi papá al morir y con ese dinero, unos diez mil dólares, le pagué al coyote que me trajo hasta la ciudad de Tijuana. Pero el coyote desgraciado me exigió cinco mil más para ayudarme a pasar la frontera. Como no los tenía y mi viejita ya no podía mandarme más dólares, el maldito me denunció a la policía; fui arrestado y me echaron un año por haber entrado ilegalmente a Méjico. En la cárcel había algunos compañeros que ya habían cruzado *mojados* por la frontera y me dijieron cómo hacerlo. Al cumplir mi condena decidí hacer el viaje por mi cuenta. Y después de mucho peregrinar llegué a la Ciudad de Nueva York y aquí me quedé.

—Y ¿no dejaste novia o mujer en El Salvador?

—Un año antes de venirme para el norte me había comprometido a casarme con Marilú Segovia, una profesora de primaria. Al confiarle mis planes me dijo que, si hacía el viaje, pues que me olvidara de ella para siempre porque los *Yueséi* estaba lleno de muchas hembras bonitas y de todos los países y que, lo más seguro, me enamoraría de alguna de ellas. Yo le supliqué y le rogué que me esperara, pero se negó a hacerlo y me dijo adiós sin ninguna compasión. Así que me vine tranquilo, pero siempre con la esperanza de algún día volver a mi tierra, a mis gentes... y a mi Marilú.

—¡Muy sabia la chama esa, eh! —aplaudió Rosario interrumpiéndolo—. Y tú, Ramiro, ¿qué tienes para contarme?

—Pues yo terminé la prepa en el Colegio Progreso de Puebla y prontito me casé con una chava muy chula que había sido mi compañera de colegio. Pero como tampoco podía conseguir trabajo me vine pa'l norte y le mandaba lana casi todos los meses. Pero en eso me encontré con un viejo amigo de mi barrio y cuando le conté que había dejado a mi esposa allá y le dije su nombre, me aconsejó que me olvidara de ella porque ya estaba viviendo amancebada con un primo suyo y toda la lana que yo le mandaba se la entregaba al amante para sus alipús. Decidí no mandarle un centavo más y unos seis meses después me llegó la decisión del divorcio por abandono de hogar. Diay en adelante ya solamente le mando lana a mi jefecita cuando puedo, que no es siempre.

Mientras escuchaba los relatos de los peregrinos, Rosario se preguntaba si sería prudente dejar la maleta repleta de dinero en el baúl del auto. *Y si dejo a este par de indocumentados cuidándola; pues a lo mejor sucumben a la tentación y se vuelan con todo y mi limusina. No, mejor los invito a entrar al hospital y dejaré la maleta en el auto*, concluyo decidida.

—¡Síganme, primos! —dijo sonriente—. Vengan conmigo a visitar a John Robert. Aunque no estoy segura de que les permitan entrar al área de cuidados intensivos. Pero cuando lleguemos lo averiguaremos.

—¿No es arriesgado dejar ese montón de lana en el maletero, señito? —preguntó Ramiro preocupado.

—¡Claro que lo es! —asintió Rosario—. Pero no tenemos alternativa. Primero, porque pesa mucho; y, segundo, porque sería ridículo entrar y salir con una maleta como esta. Tal vez los guardas porteros podrían cuestionarnos.

—Si usted quiere, digo, pues si tú quieres, yo me puedo quedar afuera del carro para vigilarlo —se ofreció Martín.

—El problema es que tú eres indocumentado. La policía podría pedirte papeles que tú no tienes. Te acusarían de haber robado el vehículo y al encontrar la plata se te haría más grande el pastel. ¿Tengo o no tengo razón?

—Por supuesto, señito —dijeron los peregrinos al unísono.

—Entonces vamos los tres a visitar a mi esposo y que Dios me cuide el dinero —añadió concluyente.

Al llegar a la oficina del doctor Alfredo Velarde, el médico que atendía a Bob, la enfermera lo llamó por el celular.

—Espéreme diez minutos, señora Valcárcel —dijo el galeno—, mientras termino esta consulta con uno de mis colegas sobre lo que podríamos hacer por su esposo. Yo bajaré inmediatamente a mi oficina.

—No me gustó el tono de voz del doctor —dijo Rosario a los peregrinos y luego se dirigió al pabellón de cuidados intensivos—. ¿Podría darme alguna noticia sobre el estado de mi esposo? —preguntó a la enfermera jefe.

—No, señora. En estos casos, solamente el médico de cabecera está autorizado para hacer declaraciones con respecto a la condición de un paciente. Tenga un poquito de paciencia, señora; y el doctor Valverde la informará dentro de un momento.

Mientras tanto, Ramiro y Martín aguardaban a su empleadora sentados en sillas mullidas y contiguas en la oficina del doctor. Rosario regresó alicaída pero no explicó el motivo de su desaliento. Sentada al lado del mejicano, se cubrió el rostro con las manos, pero pronto las quitó. Al ver llegar al doctor Valverde, se puso de pie con un cúmulo de preguntas en sus bellos ojos, lo siguió hasta encerrarse con él en su oficina. Con aire de conmiseración, el médico habló primero.

—Temo que la noticia que tengo que darle, señora, no es muy alentadora —dijo—. Tan pronto usted se fue, le hicimos un examen para establecer su volumen pulmonar. El resultado fue muy negativo porque, obviamente, su esposo es un fumador habitual. En ambos pulmones tiene solamente un treinta por ciento de la capacidad normal y el resto está saturado de una mucosa gruesa producida por el tabaco. En otras palabras, es víctima de un edema pulmonar severo y agravado por el humo que respiró durante el incendio. Ello le causó una intoxicación cerebral que lo ha precipitado a un coma que yo temo sea terminal y ¡que Dios me perdone!

—Entonces ¿no hay alguna probabilidad de que se recupere? —preguntó Rosario con un tono de imploración llorosa.

—¡Prácticamente ninguna! La única solución que yo concibo podría causarle la muerte y por eso no me atrevo a sugerírsela.

—¿Y es…?

—Se me ocurrió hacerle una traqueotomía y luego drenarle parcialmente la espesa mucosidad de los pulmones. Sin embargo, los médicos especialistas que he consultado se oponen a ese tipo de intervención quirúrgica en el caso específico de su esposo ya que por las razones que le he explicado es demasiado riesgosa.

El teléfono celular de Valverde comenzó a sonar.

—¿Qué sucede? —preguntó el médico.

—Su paciente, Valcárcel, acaba de expirar —le informó la enfermera jefa—. ¿Quiere que llamemos al equipo móvil de resucitación?

—¡Espere un segundo, enfermera! Su esposo dejó de respirar hace un momento ¿quiere que lo resucitemos o no? —preguntó el médico a Rosario—. Es su decisión, señora —agregó apresurado—, y tiene que tomarla en este mismo instante, pero tengo que decirle que resucitarlo podría ser contraproducente.

—¡Haga lo que usted crea más conveniente, doctor! —respondió Rosario a media voz mientras reprimía sus lágrimas.

—No haga nada, señorita —dijo Valverde a la enfermera—, ya no será necesario. Sus pulmones no podrían resistirlo.

***

Sonó el teléfono en la casa de los Valcárcel. Arbélica contestó. Era Laura, la hermana de Rosario la que llamaba.

—¿Está por allí mi hermana Laura? —preguntó con voz preocupada.

—No —replicó Arbélica—, se *jueron* para el hospital hace mucho rato.

—¿Se *fueron*? Rosario y ¿quién más?

—Sí, ella con sus primos.

—¿Sus… primos…? ¿Cuáles primos, chama? Nosotros no tenemos primos porque tanto mamá como papá fueron hijos únicos.

—Pues doña Rosario dijo que eran sus parientes que habían venido de Venezuela y que en el aeropuerto les habían robado las maletas. Los dos hombres se pusieron la ropa de don Juan Roberto porque la de ellos estaba sucia y ajada y'ay me la dejaron para que la lave y la planche.

—Y mi hermana, la señora Rosario, ¿no ha llamado para informarte cómo sigue mi cuñado?

—No, señora Laura, ella no me ha llamado y yo estoy preocupada por la salud del señor. Perdóneme, pero tengo que colgar porque la lavadora ya paró. ¡Hasta luego!

Rosario se quedó atrás y en voz baja hizo los preparativos para el funeral desde el celular de su esposo. Luego se dirigió a los peregrinos:

—Vámonos a casa —dijo ella con mucha parquedad. Se sentía tan desconcertada por el súbito cambio en su vida marital que no podía pensar en los planes que ya había concebido con respecto a los falsos primos. Durante el corto tiempo en que ellos habían ido por sus documentos de identidad, había decidido primero contar el dinero que llevaba en el maletero. Estaba segura de que esos miles de dólares eran el producto de la venta ilegal de narcóticos, pero lo que no estaba claro era a quién pertenecían realmente. Lo único que ella sabía era que Ben había dejado esa maleta en el apartamento alquilado por su esposo. *¿El dinero era de propiedad de ambos o Bob solamente servía de alcahuete de Weintraub? ¿Cuál sería el propósito de dejar el dinero en el apartamento de Ben? ¿Para distribuírselo más tarde o para entregarlo a otro capo de rango mayor? Tengo el presentimiento que Ramiro y Martín no han sido del todo honestos conmigo. ¿Se los debería preguntar? La respuesta que me dio el salvadoreño me pareció engañosa pero el* mejicano no lo contradijo, simplemente se quedó callado. Y como dicen, 'el que calla otorga.' Y si ellos resultaran ser parte del negocio del narcotráfico, ¿qué podré hacer?, se preguntó atónita. ¿Debería comunicárselo a Brandeis? Pero entonces tendría que explicarle el origen del dinero que tengo en la maleta. ¡No, eso no! Alguna tajada tengo que sacar de este negocio. Al fin y al cabo, me he quedado viuda; he perdido a mi hombre y estoy demasiado joven para resignarme a vivir sola y quizá ya estoy demasiado vieja para conseguirme un buen hombre de mi edad. Y, encima, las floristerías están dándome pérdidas. ¡Ah, allí vienen! Se ven tan inocentes y alegres, y hasta parecen estar contentos de su suerte a mi lado. ¿Cuál de los dos será el mejor en la cama?, se preguntó incongruentemente. Pero ¡qué pensamientos tan sucios y absurdos se me vienen a la mollera! Mi marido está recién muerto y todavía insepulto y ya estoy tratando de encontrarle reemplazo. ¡Vergüenza debía darme!, Se reprochó indignada. Aunque, la verdad, el amor que entre él y yo nos tuvimos al comienzo del matrimonio ya estaba declinando rápidamente. Y lo más seguro es que me estaba poniendo los cuernos con otra vieja; pues por qué otra razón tendría ropa de mujer tirada por el suelo y alrededor de la cama. Si hubiera sido una prostituta de ocasión no habría dejado sus corpiños y pantaletas sucias allí. Ahora me toca a mí vengarme de ese sinvergüenza sin temor a ser descubierta. Y como dice el dicho, 'el muerto al hoyo y el vivo… ¡al bollo!'.

Apretó el botón que cerraba y abría las puertas y los peregrinos entraron sonrientes al vehículo.

—Allí es donde nos recogen los empleadores por la mañana —dijo Cuéllar señalando una parada de buses—. Nos paramos allí para que la policía crea que estamos esperando el camión y no que estamos buscando empleadores que nos contraten.

—Bueno es saberlo —dijo Rosario riéndose—, en caso de que yo necesite a alguien para un trabajito en la casa. Pero déjenme ver sus famosos documentos —dijo con maña. Martín, quien se había sentado en el asiento trasero le entregó el pasaporte—. ¡Qué guapo te ves, primo! —añadió ella con coquetería. Puso el documento sobre su regazo después de comprobar su nombre, fecha de nacimiento y su estado civil. Luego hizo lo mismo con la matrícula consular de Ramiro—. ¿No les molesta que me quede por un tiempo con sus documentos? Les prometo devolvérselos tan pronto ustedes me los pidan. No voy a dárselos a ninguna autoridad, ya sea local, estatal o federal.

—Entonces ¿para qué le podrían servir? —los dos preguntaron preocupados al unísono.

—¡Maravilla! ¡Qué bien acoplados están ustedes! Bueno, para contestar su pregunta, les diré que tengo en mente algunos planes que lo más seguro podrían interesarles.

—¿Qué clase de planes? —preguntó Martín.

—Por ahora ninguno que se pueda detallar. Denme un tiempo prudencial. Pero antes quiero pedirles que sean completamente sinceros conmigo porque de lo contrario no podré darles ni trabajo ni tampoco ayudarlos a obtener los documentos de inmigración que ustedes tanto necesitan.

—Nosotros ya le contamos todo lo que quería saber —dijo Martín.

—Entonces yo quiero que me contesten honestamente algunas preguntas más. Sus respuestas a lo mejor despejarán todas mis dudas. Por ejemplo, ¿los recogió algún contratista esta mañana allí en esa parada de buses que ustedes me señalaron?

Ambos peregrinos contestaron al mismo tiempo; pero Ramiro dijo *no* y Pérez dijo *sí*.

Los tres rieron nerviosamente.

—¡Así no nos podremos entender nunca! —exclamó Rosario molesta por la reluctancia de los peregrinos.

—Sí —dijo Cuéllar—, un par de contratistas nos trajeron para la zona donde está el galpón para trabajar en construcción. Nos prometieron pagarnos diez dólares la hora.

—Entonces ¿por qué me dijeron que cuando oyeron la explosión ya estaban en las cercanías y que corrieron a auxiliar a Bob y a Ben?

—Mirá, Ramiro —dijo el salvadoreño—, ¿por qué no le contamos cómo fue el volado ese de la contratación y lo que Bob y Ben nos trataron de hacer?

—Me gustaría escuchar una versión creíble. Vamos, primos, ¡ya suelten prenda, por favor!

—Está bien —comenzó diciendo Ramiro—, nos encontrábanos en el punto que le mencionamos esperando que alguno nos contratara. Llegó Bob en compañía de Ben y nos ofrecieron diez dólares por hora para trabajar en construcción. Nosotros nos alegramos porque supusimos que seríanos contratados por varios días. Cuando llegamos frente al galpón, Ben nos ordenó entrar a sacar dos palas y traerlas al coche. Como las palas estaban amarradas con cadenas de metal no pudimos desatarlas y decidimos ir a informárselo a nuestros contratistas. Pero la puerta del galpón se había cerrado y no la pudimos abrir. Parece que la habían cerrado por el lado de ajuera para que no pudiéranos salir. Yo me subí sobre el hombro de Martín para ver a través de un hoyo que tenía el portón si ellos ya se habían largado. Estaban a punto de salir. Entonces vi que un cable que venía desde el coche estaba chisporroteando. Se lo dije a mi compañero y él me advirtió que al pie de él estaba una caja con dinamita. Corrimos a protegernos con las palas porque era lo único que había dentro del galpón, excepto por unas bolsas plásticas que parecían estar llenas de algo así como aserrín de abono. Al momento la dinamita explotó, las paredes se prendieron en llamas y el techo voló en pedazos. Entonces pudimos oír los gritos de Ben y Bob que estaban dentro del coche. Corrimos y logramos sacar a Bob, pero cuando abrimos la puerta del pasajero ya Ben estaba muerto, chamuscado. Oímos el celular de Bob cuando usted, digo tú, estabas llamándolo. Lo demás ya lo sabes.

—¡Ah! —interrumpió Martín—. Se te olvidó decir que su cuñado llegó después de que tú te fuiste para tu casa y que anduvo husmeando sobre las cenizas del galpón.

—¿Están seguros de que era Camilo Uribe, el marido de mi hermana Laura? —preguntó Rosario frunciendo el ceño.

—No me cabe ninguna duda —dijo Pérez—. Lo reconocimos cuando llegó a tu casa en el mismo automóvil plateado y nos preguntó qué hacíamos allí sentados.

—Eso nos presenta otra dimensión a este maldito rompecabezas —exclamó la doña con obvia irritación. Luego, mientras doblaba hacia la entrada de la rampa de estacionar de su casa, agregó—: Traigan la maleta con el dinero y la ponen encima de mi cama. ¡Ah! Y no mencionen a nadie que Bob ya falleció. Yo me encargaré de hacérselo saber a todos nuestros familiares a su debido tiempo. ¡No se preocupen!

Entrando a su alcoba, se alegró de encontrar su propio celular. Marcó el número de Camilo.

—¡Hola, cuñado! Te llamé para darte un mensaje que me encargó mi marido. Sí, él se encuentra bastante mal, pero en vías de recuperación —dijo mintiendo con velada intención—. El mensaje es que no va a poder darte *lo prometido* porque sufrieron un grave accidente en el que se quemó por completo el total.

—¡No sé de qué diablos me estás hablando, Rosarito! —gritó Camilo con fingida indignación.

—Pues… ¡Yo tampoco, querido! —dijo ella pretendiendo no saber de qué se trataba—. Solamente te estoy transmitiendo el mensaje que Bob me dio. Ustedes sabrán lo que se traen entre manos —añadió concluyente.

—¿No será que se te está trastornando la azotea? —preguntó Camilo con el propósito de reafirmar su negativa.

—Es muy posible —dijo indiferente—, pero yo no sé nada de siquiatría para poder comprobarlo. En todo caso, ya te di el mensaje y tengo que cortar. ¡Chau…!

Luego de colgar, Rosario llamó a Arbélica por el intercomunicador. La joven se apareció al instante.

—Tengo que decirte que mi esposo falleció esta tarde y probablemente ya va en camino para Brocket Funeral Home en Southampton.

—¡Ay, que Dios lo haiga perdonado! —dijo Arbélica santiguándose piadosamente.

—¡Ojalá que Él lo perdone, chama! —dijo la viuda con voz de despechada—, porque yo no creo que podré hacerlo —añadió firmemente.

—Pero ¿por qué no, señora? No sabe que cuando uno no perdona a una persona que ha muerto ay se le aparece a una en los sueños o en las pesadillas. O hasta siacen patentes ante uno en medio de la noche —añadió frotándose los brazos cuyos vellos se habían erizado por el terror que supuestamente causaba el contemplar un espectro de ultratumba.

—Pues ojalá que se me aparezca porque le tengo una lista larga de preguntas que me dejó sin contestar —dijo Rosario en tono desafiante—. Pero cambiando de tema, ¿cuál es el menú para la cena de esta noche, mi querida Arby? —preguntó sonriente.

—Salmón y papa al horno, arroz blanco y espárragos al vapor en salsa de camarones.

—Umm. ¡Suena delicioso! —dijo la patrona lamiéndose los labios.

—¡Y hasta sabe mejor comiéndolo! —afirmó Arbélica.

—Ve a la alcoba de Bob y diles a mis primos que los espero en la mía dentro de diez minutos. ¡Ah! Y avísanos cuando la cena esté servida.

Minutos después Rosario y sus primos se encontraron en la alcoba.

—Tengo aquí cuatro canastas con las denominaciones de los billetes —dijo—. Primero pónganlos en ellas sin mezclarlos. Así se nos hará más fácil el recuento. Una vez quede vacía la maleta procederemos a contarlos en forma descendente. Si encuentran algún billete de mil o de quinientos, me lo entregan para ponerlo sobre mi mesita de noche.

Media hora más tarde, el conteo daba un total de ochocientos veinte mil dólares y veinte y dos. La dueña tomó los veintidós dólares y le dio once a cada uno de los peregrinos.

—Esta es su parte —les dijo seriamente—. ¡Por favor, no los malgasten en viejas o en licor como hacen los marineros locos cuando llegan a puerto y les permiten salir del barco!

Los peregrinos se vieron las caras, atónitas por el exiguo regalo de la patrona y la absurda advertencia. Pero, escasos como estaban de fondos, no dijeron nada, ni tampoco los rechazaron. Simplemente se metieron la donación en los bolsillos. Ella observó su obvio desconsuelo y soltó una carcajada.

—¡Esa era una broma estúpida que les quise hacer, muchachos, y les ruego me disculpen!

—¡Usté es la dueña del rancho y puede darnos lo que le venga en gana! —dijo el guanaco malhumorado.

—¡Estoy completamente de acuerdo! —afirmó Ramiro con desilusión.

—No, no, ya les dije que era una broma. Les voy a dar cuarenta mil a cada uno para que puedan enviarles algo a sus parientes en sus países. ¡Ah! Y quiero oírlos tuteándome.

—Tal vez tú necesites más el dinero que nosotros —dijo Martín—. Al fin y al cabo, acabas de enviudar y los gastos de los funerales son muy altos aquí en los *Yueséi*, según yo he óido decir. Pero yo solo puedo hablar por mí mismo... A lo mejor el amigo Ramiro lo necesita...

—¡Ya! ¡Ya! ¡No se diga más! —dijo Rosario poniéndose seria—. Nosotros tenemos un seguro que nos pagará los gastos funerarios hasta veinte mil. De manera, pues, que no vamos a necesitar este dinero; y yo quiero utilizarlo para conseguirles a ustedes los documentos de inmigración a la mayor brevedad para que puedan comenzar a trabajar para mí.

—¿Y cómo piensas conseguirlos a la mayor brevedad, preciosa? —preguntó Cuéllar con claro y amargo escepticismo—. Ese trajín lleva muchos años según me han dicho —agregó.

—Desgraciadamente, mi compañero tiene toda la razón, doña Chayito —dijo el salvadoreño—. Yo conozco algunos de mis paisanos que llevan años esperando que les concedan la visa a través del programa de NACARA y todavía no lo han logrado. Algotros ay hasta sián muerto mientras esperan...

—¿Qué es ese programa de NACARA? —preguntó la patrona.

—Es un programa de inmigración para ciudadanos de algunos países de Centro América y el Caribe como Nicaragua, Cuba, El Salvador, etcétera. Pero se tiene que haber llegado antes de 1990.

—Bueno es saberlo. Y es muy cierto que se requieren muchos años de espera —admitió ella—. Pero yo tengo un sistema para doblegar voluntades que nunca falla. Un amigo abogado, untándole la mano con aceite verde de dólares, les conseguirá pasaportes venezolanos y luego procederá a obtenerles asilo político alegando ser víctimas de la persecución del

Gobierno de Chávez que es el *Coco* del momento. Lo mismo que ha sucedido con los cubanos que tan pronto tocan tierra gritan que las huestes de Fidel Castro vienen persiguiéndolos y allí mismo les conceden la *green card* y una pensión vitalicia para que sigan renegando contra su patria. Pero, eso sí, para hacerse pasar por venezolanos les tocará recibir entrenamiento y consejería adecuada. Y para eso se necesitan muchos *bolos*, como decimos en Venezuela y nosotros ya los tenemos… Tan pronto realicemos el conteo…

Arbélica tocó a la puerta.

—Señora, la llaman de la funeraria —dijo.

—Entra y tráeme el aparato —dijo Rosario sin percatarse de que los fajos de billetes estaban todavía a la vista.

La sirvienta entró y, al observar la enorme cantidad de dinero sobre la cama, se quedó pasmada. La dueña le indicó con una seña que callara su sorpresa.

—Sí, dígame —dijo en inglés—. ¿Tiene que ser de un color especial, señora? Sí, comprendo. Se lo enviaré a eso de las ocho de la noche. ¿Está bien? ¡Magnífico! Y muchas gracias por su diligencia. No, creo que sería más conveniente la cremación. Sí, sí, comprendo perfectamente —dijo por fin y le entregó el aparato a Arbélica—. El director de pompas fúnebres quiere que le mande la ropa que le van a poner a mi marido antes de meterlo en el ataúd —informó Rosario.

—¿Quiere que yo se las lleve? —preguntó la joven—. Yo sé dónde está esa funeraria y cómo llegar.

—¿Cuándo la conociste?

—Para el funeral de la señora Carlton, su vecina, yo le llevé un lote de cirios que usted no podía llevar porque le tenía miedo al chuquío.

—¿*Chu... quío*? ¿Qué demonios es eso?

—En nuestra tierra le dicen así al hedor sutil de los muertos que es peligroso para las personas enfermas o para las mujeres que están embarazadas o recién paridas —explicó Martín inadvertidamente.

—¡Ajá! —confirmó la empleada, pero entonces cayó en cuenta de algo extraño—. Pero... entonces... ¿es salvadoreño? —preguntó confundida Arbélica. En sus ojos mostraba cierta inquietud. Pérez se dio cuenta de inmediato de su metida de pata al recordar que no debía revelar su verdadera nacionalidad a nadie, particularmente a Arbélica.

—No, no soy —dijo sonrojado—, yo soy venezolano, pero no soy de Caracas, soy de Maracaibo —explicó en forma equívoca, pero fue lo único que se le ocurrió en ese momento de angustia.

—Bueno, señor Martín —dijo Arbélica, no muy convencida—, eso lo explica.

—Tal vez Martín te quiera acompañar a la funeraria —sugirió la patrona.

—¡Con muchísimo gusto! —dijo Pérez.

—Arby —dijo Rosario —nosotros estábamos acabando de contar este dinero que nos ha caído del cielo, ¿no es cierto, primitos? Pues yo he decidido compartirlo con todos ustedes. A cada uno le voy a entregar ahora mismo cuarenta mil dólares. Y lo haré por orden de antigüedad. Toma lo tuyo, chama. Y tú, Ramiro, por ser el mayor de los dos, aquí tienes tu participación. Y todo esto es para ti, Martín —dijo entregándoles el dinero en bolsas plásticas.

—¡Que Dios te pague por este maravilloso regalo, señora! —dijeron los tres al unísono.

—Ahora ve a servir la cena si ya está lista. Mientras lo haces yo buscaré el traje y la ropa interior que llevarás a la funeraria.

Luego que terminaron de cenar, el guanaco ayudó a la guanaquita a meter la vajilla sucia y los utensilios de cocina en la lavadora. Ramiro y Rosario se habían ido antes a la biblioteca a ver televisión.

—Quiero confesarle algo —dijo Martín a Arbélica en voz baja, pero prométame que no se lo va a decir a la patrona.

—¿De qué se trata?

—Yo también soy salvadoreño como usted.

—Y ¿por qué no me dijo eso desde el principio? ¿Es que siavergüenza de ser guanaco?

—¡Claro que no! Lo callé porque la Chayo me pidió que no se lo dijiera a nadie. Ella nos quiere hacer pasar por paisanos de ella pa'yudarnos a conseguir los papeles. ¿Usté ya tiene papeles de residente?

—Sí, pero yo conseguí la visa de residente a través de NACARA porque yo vine a los *Yueséi* antes de 1990 y la guerra civil todavía no se había terminado. Hablaremos más tarde cuando estemos en el carro, ¿OK?

—¿Usté se va a yevar todo el pisto con usté? —preguntó Pérez.

—¡Claro! Lo voy a depositar en el banco esta misma noche. Y si usté tiene cuenta bancaria lo podría depositar también.

—¿En qué banco tiene su cuenta?

—En Citibank y ¿usté?

—También en Citibank. Pero no tengo sino sesenta dólares.

—¡Eso no importa! Ahora ya va a tener muchos más —dijo alegremente.

—Pero ¿por qué no esperamos hasta mañana? A mí me da mucho miedo andar de noche con tanto pisto en la bolsa.

—De día la gente lo ve a uno haciendo un depósito grande y ya lueguito pues ay se afiguran que una está cargada de pisto, vaá. Y si los mirones son maleantes, ¡pior por ay! Lo pueden atacar áuno pa' robarlo yasta lo pueden secuestrar. En cambio, en la noche, como nadie lo ve a una, nuay peligro que temer, vaá.

—Puesí, en eso tiene razón.

—Vaya y póngase una chumpa o un abrigo grueso del difunto porque esta noche va a nevar bastante, sigún ay dijieron en la radio.

Arbélica tenía un carrito azul Volkswagen, de los apodados escarabajos, que sus patrones le habían proporcionado para hacer la compra de víveres y otras diligencias. Salieron en él y su paisano se maravilló de la pericia de la joven en su conducción, particularmente porque las calles estaban ya muy resbaladizas por la nieve que caía en forma de bolas de billar. Se detuvieron ante la ventanilla del banco para depósitos nocturnos.

—¿Lo va a depositar todo, paisano? ¿Por qué no deja algo en caso de una emergencia? —preguntó Arbélica.

—Sí, tiene razón, me voy a quedar con doscientos dólares porque me gustaría que nos detuviéramos en un almacén de calzado para comprarme un par de botas impermeables y a lo mejor hasta un par de zapatos finos. Si no le es molestia, por supuesto...

—¡Ninguna molestia, señor Martín!

—Por favor, no me llamés señor. ¿Por qué no nos tuteamos o nos voseamos, ¿comusté quiera, pué?

—¿Cuál preferís, el *tú* o el *vos*?

—Lo que tú prefieras...

—Creo que en tu caso tutearnos sería más conveniente porque así la señora no se daría cuenta de que tú ya le desobedeciste la orden de no decirme que eras mi paisano.

—¡Tiene razón, señorita Arbélica! Y ¿el apellido o los apellidos?

—Cárcamo Mendieta. Me tienes a tus órdenes. Y ¿tú...?

—Pérez Salas, ¡a tus órdenes!

Compraron los zapatos y luego escogieron las botas impermeables y, finalmente, se dirigieron a la funeraria. La tormenta invernal había arreciado y calles y andenes aparecían cubiertos de nieve. Metidos en sus ponchos negros, apretadamente asidos a los cuerpos estremecidos por el ambiente invernal, los transeúntes parecían fantasmas de un libro de Kafka.

—Oiga, Martín, y ¿a ti no te importa que la señora te quiera hacer pasar por venezolano para que te otorguen el asilo político? Cuando yo fui a una conferencia de CARECEN, una entidad que ayuda a los centroamericanos indocumentados, nos urgieron que no dijiéramos mentiras cuando estuviéramos haciendo papeleo para la residencia o para la ciudadanía porque cuando se descubre la verdad, esas mentiras se vuelven un filoso puñal contra nosotros mismos.

—Pues, ¿sabe qué? Yo también pienso lo mismo; que las mentiras se tienen que tapar con otras mentiras más grandes... y tan grandes que nos ahogan. Pero como estamos con un pie adentro y otro afuera pues uno se tiene que agarrar de cualquier oportunidad que nos brindan. Pues ¡claro que me da miedo! Pero ella dice que el abogado que ella conoce tiene buenísimas conexiones con el consulado venezolano y el departamento de inmigración. Y que él nos puede hacer ese favor de conseguirnos el asilo político, pero hay que pagarle buenos pesos. ¿Qué otra posibilidad tendría que no fuera regresarme a El Salvador?

—Yo sé que su situación es difícil porque ya pasé por todo eso. Ahora, gracias a Dios, ya estoy esperando que llegue el primero de febrero para acudir a la entrega de los certificados de ciudadanía. ¡Y me volveré *gringa* chata y negra! A lo mejor entonces me pinto el pelo de rubia —añadió riéndose alegremente.

Realmente, la joven de unos veinte y cinco años no declarados poseía muchos encantos que atraían y no eran precisamente los de una chata ni de una negra pues poseía un cutis limpio de color canela y una nariz respingada.

—¡Te felicito! —exclamó Martín—. Ahora ya te podés casar con un gringo de verdá.

—No quiero gringos, amigo mío, quiero un hombre que me quiera no importa de dónde sea, aunque realmente preferiría casarme con un guanaquito... Pero ya llegamos a la funeraria. Después que entregue la ropa para Bob ¿quieres que vayamos a comer unas tajadas de pizza?

—¡Claro, Arby! Ya hace días que no probaba un pedazo de pizza como me gusta a mí, con anchoas, hongos y con mucho orégano y chile y luego bajarlas con un litro de cerveza.

—Entonces voy a llamar a la señora para decirle que vamos a tardar un poquito más en regresar —dijo Arbélica.

Al mismo tiempo, al interior de la mansión Valcárcel, Rosario y Ramiro disfrutaban de una película mejicana por cable en Cine Latino. Las escenas eran más que escabrosas e invitantes a remedarlas. Una vez Arbélica y Martín se habían marchado a la funeraria, la patrona, olvidándose del duelo que debía mostrar por su recién fenecido esposo, se acercó peligrosamente al peregrino y éste la acomodó en sus brazos sin decir nada. Para cualquier extraño, la tierna escena hubiera aparecido de un amor conyugal. Pero Ramiro no se atrevía a propasarse por el temor a ser rechazado y hasta, probablemente, censurado acremente por el atrevimiento. A ninguno de los dos se les olvidaba que la dama estaba de luto. Pero él recordaba clara y vívidamente el gesto de cólera y despecho que la señora había mostrado al encontrar en la alcoba del condominio de su esposo algunas prendas íntimas femeninas que no eran suyas. Estaba seguro de que Rosario al acercársele lo hacía más que todo como una forma de vengarse del difunto, así como para aliviarse del frío invernal que la calefacción artificial no podía reducir. Sin embargo, Ramiro, por muchos meses carente del calor de un hogar y de la intimidad con una hembra, estaba dispuesto a sacrificarse con tal de gozar de un momento de libertino romance con la hermosa señora. Sin embargo, no se atrevía a iniciarlo y esperó pacientemente a que Rosario diera el primero, el segundo y el tercer paso.

—¿Te gustaría tomarte una copa de vino para aliviarte de este horrendo frío? —preguntó mientras le acariciaba el mentón.

—¡Muy agradecido le estaría! —dijo Cuéllar tímidamente—. *Y, aunque estuviera haciendo calor, un trago de cualquier licor es lo más recomendado para entrar en acción*, pensó.

La dama se levantó y pronto volvió con una botella de Beaujolais Nouveau nuevecita y dos copas. Luego de que el peregrino la destapó, brindaron por el futuro de los dos y continuaron viendo el filme. El efecto incitante del licor y el ajetreo pecaminoso y excitante de la película los llevó al primer beso y eventualmente a la cópula apasionada.

Mientras disfrutaban de sus cuerpos ardientes sonó el teléfono. Rosario observó en el registro que era su hermana Laura la que llamaba. *Pero también podría ser Camilo Uribe*, pensó. Y con él ciertamente no quería cruzar palabra porque ya estaba segura de que estaba involucrado en el complot de Ben y Bob. En efecto, era su cuñado. Cuando la grabadora de mensajes se disparó, la voz de Camilo se oyó al otro extremo:

—Me urge hablar contigo, Rosarito —dijo cauteloso—. Te ruego me llames inmediatamente pero no le menciones a Laura que yo te he llamado. Espero tu llamada tan pronto te sea posible, por favor.

—¡Qué inoportuno este malandro! —exclamó la viuda con disgusto.

—Bueno, él no podía saber lo que estábamos haciendo —presentó Ramiro—. Y ¿por qué no lo terminamos, preciosa? —imploró.

—No, no, más tarde lo reanudaremos. ¿Sabes una cosa, cariño? Me temo que ese desgraciado venga para acá a arrebatarnos el dinero que encontramos en la maleta.

—Pero ¿cómo sabe lo de la maleta si él no estaba allá en el condominio?

—Él no estaba, pero el centinela sí estaba y lo sabe. Y estoy segura de que ese bellaco es parte de la conjura para robarles el dinero a los capos. ¡Y eso es muy peligroso!

—¿Para ellos o para nosotros?

—¡Para todos, mi amor! Para todos... ¿Recuerdas que cuando estábamos en el condo yo recibí una llamada por el celular? Pero ese era el teléfono de Bob que tú me distes frente al galpón incendiado. El centinela no sabía todavía que Bob había tenido un accidente y creyendo que estaba hablando con él, le informó que yo había llegado al condominio. Le preguntó que si estaba bien que yo me llevara la maleta. Yo fingí la voz de mi marido y le dije que me dejara salir con ella. No me extrañaría que esa información se la hubiera pasado a Camilo y él trate de recuperarla porque daría mi alma al diablo si Uribe no estuviera también metido en el negocio del narcotráfico.

—Entonces ¿qué sugieres que hagamos? ¿Volarnos con la lana antes de que el Camilito venga a buscarla? Y ¿vendrá solo o acompañado? —preguntó el galán.

—Sí, vendrá acompañado por uno o dos de sus compinches y, probablemente venga armado. ¡Ven conmigo! —dijo Rosario con premura, poniéndose de pie.

—¿Qué quieres que hagamos, corazón?

—Se me ha ocurrido una idea. Detrás de la ventana de la cocina hay una jaula muy grande de metal donde manteníamos un par de hurones. Pero se murieron y Bob nunca la sacó para la basura.

—¿Y?

—Debajo de la jaula hay una pequeña cisterna vacía que usábamos para recoger agua en el verano para el riegue de la grama del patio. Por ahora ya debe estar seca. Podríamos guardar el dinero allí, dentro de una bolsa plástica y luego ponemos la jaula como estaba antes. La rodeamos con harta nieve para despistarlo o despistarlos. Pero eso sí: ¡tenemos que hacerlo inmediatamente! O sea: ¡ya!

Corrieron veloces a llevar a cabo el cometido. Al levantar la tapa de la cisterna encontraron que estaba medio llena de agua que se había desleído de la nieve y filtrado a través de las grietas del cemento. Envolvieron el dinero en una bolsa plástica cerrada herméticamente y la depositaron al fondo hasta quedar cubierta por el agua. Luego cerraron la cisterna y colocaron la lápida sobre ella para cubrirla. Con las manos cubiertas con guantes la cubrieron con puñados de nieve y luego depositaron la jaula de los hurones sobre la cisterna.

—Ahora vamos a preparar la maleta de viaje de Bob. Hay una vacía en el desván que es más o menos idéntica a esta —dijo Rosario.

Haló la compuerta que permitía el acceso al ático y una escalera descendió hasta dos pies sobre la alfombra. Ramiro subió con la maleta rota y bajó con la que estaba en perfecto estado. Inmediatamente la llenaron de ropa y de los utensilios para el aseo diario que habitualmente llevan los caballeros en su equipaje. Luego Rosario cerró la maleta y guardó la llave en su caja fuerte, cubierta por una fotografía tomada en la boda de ella con su difunto esposo.

—En la mesa de noche de Bob hay dos pistolas cargadas —dijo ella—, y junto a ellas encontrarás un silenciador. Tráelo todo y los mantendremos con nosotros por si hay necesidad de defendernos. ¿Sabes qué? Yo creo que sería bueno que tú te escondieras en el garaje. Ponle atención a lo que voy a decir cuando me amenacen con matarme si no le entrego la maleta con el dinero. Y lo voy a decir en voz alta y en español, aunque la otra persona no lo entienda. «¡CUÑADITO, VEN A MI ALCOBA Y TE LA VOY A DAR!». Cuando tú oigas esas palabras, te sales del garaje y le metes un balazo a cada llanta del carro, pero con el silenciador puesto para que nadie oiga los disparos. Yo, mientras tanto, lo voy a invitar a mi alcoba a que vea si esa es la maleta que él busca. Si dice que sí le pediré que la lleve a mi oficina. Tú te regresas al garaje y esperas a que yo grite «¡AUXILIO!». Entonces tú entras pistola en mano y les ordenas que pongan la maleta sobre la alfombra, que me entreguen las armas y luego se tiren al suelo boca abajo y con las manos detrás de la nuca. Y allí mismo los amarramos a los dos. Luego esperaremos a que venga el sargento Brandeis a arrestarlos.

Mientras tanto, Camilo Uribe se reunía con su compinche, Roland Wogsland, centinela del condominio Bayside Club, en su casa de Flanders, a unos once kilómetros de Hampton Bays.

—La zorra de Rosario —dijo Uribe—, pretende quedarse con el dinero del cártel. Pero esa puta no se imagina la soberana estupidez que está cometiendo y el grandísimo lío en el que se ha metido. Averigüé que

Bob las estiró temprano por la tarde y ella contrató a Brocket Funeral Home de Southampton para que recogieran el cadáver, pero no ha querido informar a nadie sobre su muerte, ¡ni a su misma hermana o a mí! Y eso me hace sospechar no sólo de sus perversas intenciones sino de sus sospechas sobre mis actividades. En la funeraria ya me dijeron que la sirvienta llegó hace una media hora con la ropa que le van a poner al difunto para cremarlo. O sea que, en este mismo momento, la zorra se encuentra íngrima sola y debemos caerle encima antes de que haga desaparecer los billetes.

—Pero tendremos que irnos en tu auto porque Sara se fue en el nuestro a recoger a su mamá al Aeropuerto Kennedy —dijo Roland con rostro agrio.

—¿Que te va a caer la suegra? ¡Cómo te compadezco! —bromeó Camilo. Luego añadió—: ¡Apúrate! Quiero llegar ya porque no quiero testigos…

Sonó la campanilla del teléfono. Era Arbélica llamando a su patrona.

—Señora Rosario, Martín y yo vamos a ir a una pizzería y nos regresamos dentro de media hora. Le cuento que el rostro de su esposo fue rejuvenecido y quedó tan chévere que no parece que hubiera sido quemado o que estuviera muerto. ¡Si viera, señora, que chulo dejaron al señor Roberto! —añadió emocionada.

—¡Gracias por avisarme! —dijo la dama fingiendo regocijo por la excelente preparación del cadáver. Luego pensó despiadadamente: *¡Es una verdadera pérdida de dinero porque al hornearlo toda esa belleza masculina artificial se convertirá en un montón de cenizas que yo vaciaré en la taza del inodoro!* ¡Claro, chama, vayan y coman toda la pizza que quieran! Pero no se tarden mucho porque aquí vamos a organizar un velorio con muchos rezos y no quisiera que ustedes se lo perdieran por nada del mundo —añadió con velado sarcasmo.

—¡Ay qué bueno, señora! —exclamo la sirvienta inocentemente—. Porque yo le podría cantar muchos alabados de los muertos; de los velorios que celebramos en mi guanacolandia, pué... Mi mamá los canta cuando le piden que vaya a rezar el novenario de difuntos.

—No creo que sea necesario que *tú* cantes, Arby, porque aquí vamos a tener dos verdaderos profesionales del canto amenizando el velorio —dijo Rosario crípticamente.

La doña apagó las luces de la sala y se apostó en la ventana. Alrededor de un cuarto de hora después, el vehículo de Camilo Uribe se apareció sobre la nieve. Debido a su color plateado, parecía fundirse dentro del frío paisaje invernal. Tan pronto ingresó el automóvil, las luces del patio se encendieron automáticamente. Se bajaron dos hombres y el rostro del cuñado se tornó finalmente discernible

La viuda timbró inmediatamente el teléfono de Brandeis. Él contestó al instante y preguntó:

—*Who is calling?*

—Es Rosario Valcárcel, sargento. Si puede venir inmediatamente a mi casa le tendré dos pajaritos listos para ponerlos en su jaula. Además, le ofreceré la solución al turbio misterio del que hablábamos esta mañana —susurró precavidamente en inglés.

—Me parece bien. Allí estaré en media hora. ¿Necesitaré refuerzos, señora? —preguntó un poco preocupado.

—Mejor si puede venir con Baldomero. Ya estando aquí usted decidirá si quiere pedir ayuda de las autoridades locales. ¡Lo espero!

A Rosario el otro mancebo le había parecido conocido, pero sin el uniforme y con sombrero no pudo precisar su identidad. Ambos lucían negros impermeables de trinchera. Fue hasta su oficina para escuchar el timbre de la entrada. Tocó la puerta del garaje diciendo:

—¡Ramiro, se han presentado dos hombres y probablemente vienen armados!

—Está bien, aquí la… te espero… Estoy contra la puerta. ¡Mantente alerta! —susurró.

Al escuchar el llamado, Rosario caminó con mucha parsimonia hacia la entrada de la mansión. Abrió la guardapuerta invernal y luego la puerta principal con mucha calma.

—¿Qué tal, querido? —le dijo a su cuñado y le plantó un beso en la mejilla.

—Bien, bien —dijo Uribe fríamente—. Tú ya conoces a mi amigo Roland, ¿o tal vez no lo recuerdas? —preguntó en inglés.

—¿Roland? No, no creo que tenga el gusto de conocerlo —respondió fría e indiferente.

Al entrar el centinela Rosario lo reconoció, pero no dijo nada.

—Así que usted es amigo de mi cuñado —dijo ofreciéndole su mano que Wogsland aceptó—. ¡Mucho gusto en conocerlo!

—Hemos venido a darte nuestras sentidas condolencias por la pérdida irreparable de tu adorado esposo —dijo Camilo.

—¡Muchas gracias! Pero... ¿cómo lo supiste? —preguntó interrumpiéndole.

—Llamé al hospital para averiguar cómo seguía y me informaron que ya había expirado. También vinimos a reclamar una maleta que Robert tenía en su apartamento de Queens y que, según Roland, tú te trajiste sin la autorización de tu marido.

Rosario fingió llorar amargamente por varios minutos y de repente dijo en voz alta:

—¡CUÑADITO, VEN A MI ALCOBA Y TE LA VOY A DAR! Esta es la maleta que yo me traje y lo hice porque Robert me lo pidió cuando lo dejé en el hospital —dijo Rosario señalando la que yacía sobre su cama—. Si es tuya, ¡llévatela! Pero vámonos para la oficina porque aquí está haciendo mucho frío —añadió frotándose los brazos con las manos para darse calor. Luego fue al termostato de la alcoba a subir la calefacción a un grado satisfactorio—. No la he podido abrir —añadió tranquilamente—, porque no pudimos encontrar la llave y supongo que ustedes la tienen.

—Nosotros tampoco la pudimos encontrar —afirmó Wogsland—. Y yo creo que *tú* nos estás mintiendo; y creo también que *tú* tienes esa llave y es mejor que nos la entregues ahora mismo o tendré que coserte el carapacho a balazos para que lo hagas —añadió, sacando el arma que escondía bajo la parte trasera de su saco.

—¡Oiga usted, mequetrefe! —vociferó Rosario furibunda—. Tú vienes a mi casa a insultarme llamándome mentirosa y luego me amenazas a muerte. ¡Y tú, pedazo de mierda! —gritó increpando colérica a su cuñado—, ¿vas a dejar que este patán me insulte y me amenace sin decir nada?

—Si ya nos hubieras entregado la llave, pues Roland no hubiera tenido necesidad de insultarte o de amenazarte. El contenido de esta maleta es muy valioso para nosotros y necesitamos la llave para…

—No le expliques nada a esta zorra, ¡pendejo! —interrumpió Wogsland con autoridad.

Rosario se abalanzó sobre el objeto de la disputa y se abrazó a ella. El centinela le puso el cañón de la pistola contra su nuca y le espetó rabioso:

—Nos vamos a llevar la maleta con o sin la llave; así que es mejor que te apartes por las buenas. Voy a contar hasta tres —amenazó rabioso—. ¡Uno… dos… tres…!

En un ¡zas! Uribe le arrebató la pistola a Wogsland.

—*Cool it, man, cool it now!* —le susurró apaciguándolo. Luego tomó el brazo derecho de su cuñada y de un empellón la apartó de la maleta—. Cuñadita, si tú no cooperas, te va a ir muy mal —le dijo—, y yo nada podré hacer para impedirlo porque esta maleta está forrada de dinero que pertenece a nuestro jefe y que Bob y Ben se querían robar para luego largarse al extranjero.

—¿Por qué entonces la tenía mi esposo en su apartamento? —preguntó la dama con la intención de ganar suficiente tiempo para que Ramiro terminara su trabajo con las llantas

—¡Eso es irrelevante! Lo que debe importarte es que nuestro jefe es implacable. De modo, pues, que de tu aquiescencia voluntaria depende tu vida. ¿Me entiendes ahora, cuñadita? —gritó furioso.

—Está bien —dijo llorosa y balbuciente—, se la pueden llevar, pero primero díganme porqué Bob no me lo explicó. Por qué solamente me dijo que esa maleta era suya y que la trajera para nuestra casa y que no se la dejara ver a nadie. Supongo que él no quería que la entregara a ustedes —agregó y se colgó del cuello de Camilo fingiendo llorar a mares. Cuando Rosario lo creyó oportuno, se separó del cuerpo de Ramiro y dijo—: ¡Llévensela pues y en mi oficina les daré la llave!

Luego que Wogsland guardó su arma, entre él y Uribe levantaron la maleta y caminaron hacia la oficina, precedidos por Rosario.

Mientras tanto, Ramiro había salido del garaje y disparado contra las llantas del carro de Uribe. Éstas, naturalmente, se desinflaron al instante. Al constatar que su misión había sido exitosa, decidió reingresar a esperar las instrucciones acordadas. Al momento llegaron Martín y Arbélica en su escarabajo y Cuéllar los reconoció inmediatamente.

Corrió tan rápido como pudo sobre la profunda alfombra de nieve que cubría el patio y la rampa de acceso para advertirles que tenían que hablar quedamente y sugerirles se quedaran con él en el garaje. Tanto a Pérez como a la sirvienta, les causó gran extrañeza el ver que dos revólveres, uno con silenciador, colgaban de sus manos.

—¿Y esas armas… qué? —preguntó Arbélica preocupada.

—Estaba asegurándome de que las visitas que tenemos no se puedan marchar sin llenar algunos requisitos de la patrona —contestó mostrándoles las llantas desinfladas.

—O sea que Rosario te encargó hacer eso —preguntó Martín.

—¡Claro! Yo no me voy a meter en camisa de once varas sólo para divertirme —dijo Ramiro y luego agregó—: toma esta pistola y cuando yo entre, tú entras detrás de mí y allí mesmo encañonamos a los dos hampones a la misma vez.

—¿Esas son las órdenes de la patrona, supongo? —inquirió Pérez.

—¡Claro, güey! Me dijo que tan pronto la oyera gritar «¡auxilio!» entrara a la oficina y les ordenara poner la maleta sobre la alfombra.

En efecto, tan pronto escucharon la palabra clave, irrumpieron en el buró pistola en mano y apuntaron a los malandros. En ese momento Uribe y Wogsland cargaban la maleta supuestamente llena de narco-dólares con la obvia intención de llevarla a su vehículo y luego marcharse. La inesperada y pronta aparición de los peregrinos los sorprendió. Aunque ambos cargaban armas de fuego, ninguno las tenía desenfundadas ni las podían sacar porque tenían ambas manos ocupadas.

—*Put that suitcase down; lie on the floor and put your hands behind your neck or...!* —les ordenó Ramiro en términos tajantes.

Al escuchar la dicción clara y precisa de su empleado hablando en inglés, Rosario se sorprendió y sonrió orgullosa. Camilo y Roland creyeron reconocer al peregrino, pero obedecieron la orden al instante sin decir palabra ni poner objeción.

—Arby —dijo la dueña—, en la alacena hay algunos rollos de mecates. Tráeme cuatro —ordenó.

Mientras los peregrinos encañonaban a los hampones, las mujeres les ataron las manos a las espaldas y los pies. De pronto sonó el timbre de la puerta principal.

—Ve a ver quién es, pero no abrás la puerta hasta que yo te lo ordene, ¿comprendes? —dijo Rosario a su empleada en voz casi inaudible.

Al momento volvió.

—Es la señora Laura, su hermana —susurró Arby.

—¿Viene sola?

—Sí. Viene sola.

—Yo le abriré —dijo Rosario—. Quédate aquí con ellos.

Tan pronto abrió la puerta, Laura se abalanzó a los brazos de su hermana viuda.

—¡Cómo lo siento… lo siento tanto mi amor! —dijo piadosamente dándole el pésame y besándola en la mejilla—. ¡Debes sentirte devastada por su trágica muerte! —añadió compungida.

La viuda no replicó a las palabras de su hermana. El silencio prevalente dentro de la morada conspiró contra la dueña pues Camilo pudo escuchar la voz inconfundible de su esposa.

—¡LAAAUURA, VEEEN AQUÍ, VEEEEN A AYUDAAARNOS! ¡PORRRR FAVORRRR! —gritó plañidero repetidamente.

—¡Esa es la voz de Camilo! —exclamó Laura sorprendida—. ¿Qué es lo que está haciendo aquí mi marido? —preguntó en tono de reproche.

—Ven a la oficina y lo sabrás —dijo Rosario sin ofuscarse.

El timbre sonó de nuevo y la dueña abrió la puerta al instante. Era el sargento Brandeis que llegaba con el agente Baldomero.

—Pasen adelante, caballeros y por favor síganme —dijo la viuda y tomó la delantera—. Esta señora es mi hermana Laura —añadió sin detenerse—. El sargento Brandeis de la DEA y el agente Baldomero, su compañero.

—¡Mucho gusto! —dijeron los recién llegados parcamente.

La hermana no puso mucha atención a la presentación protocolar.

—Según yo entiendo —dijo Rosario—, ambos están involucrados en el narcotráfico y de acuerdo con ellos mismos el dinero que contiene la maleta es pertenencia de su jefe cuya identidad aún desconozco. Pero ellos podrán proveerle los datos sobre ese capo de la droga. Además, ellos han querido manchar el buen nombre de mi difunto esposo, alegando que John Robert planeaba quedarse con el dinero y marcharse al extranjero junto con la esposa del señor Wogsland, aquí presente. Aquí tengo los pasajes a nombre de mi esposo y la señora Wogsland. Esto confirmaría que Wogsland y Uribe no estaban mintiendo. Pero resulta que yo llamé a la Compañía Mexicana de Aviación y allí me informaron que los pasajes los había comprado un individuo de nombre Benjamin Weintraub.

La viuda sabía que su explicación era una sarta de mentiras que realmente no explicaban nada, pero su plan era desviar la atención sobre el contenido de la maleta y prevenir que se abriera. A Rosario le urgía que los agentes de la DEA se llevaran la maleta antes de abrirla y se llevaran también a los sospechosos pues ellos no podrían usar el carro con llantas desinfladas. Además, estaba segura de que tanto Camilo como Roland continuaban armados pues cuando ellos se acercaron a su cuerpo durante la confrontación en la alcoba, Rosario sintió la presencia de otras dos armas colgando de sus pantorrillas. Lo más probable sería que una vez estuvieran en la carretera uno de ellos, o ambos, trataran de matar a los agentes de la DEA y escapar con la maleta. No podía imaginarse cuál sería la reacción de ellos al abrirla y encontrarla llena de trapos. Sin embargo, estaba más que segura que el sargento inspeccionaría los cuerpos de los cautivos y los desarmaría.

Con la ayuda de Ramiro y Martín, el agente Baldomero desató a los sospechosos e inmediatamente les colocó esposas en sus muñecas.

Brandeis pidió la colaboración de los dos peregrinos para llevar la maleta a su vehículo.

—¡Por supuesto! —indicó Rosario—. Vamos, muchachos, ayuden al sargento para cargar la maleta hasta la patrulla—ordenó.

—Yo me iré detrás de ustedes —dijo Laura.

—¡No! —le gritó el marido—. Tú quédate acá con tu hermana y llama a nuestro abogado para que me acompañe a la cita con el juez.

—Está bien —dijo la esposa con semblante resignado. Aunque le dolía el hecho de que Rosario hubiera hecho acusaciones tan horribles contra su esposo, a quien presumía inocente, ella no quería enfrentarse con su hermana mayor.

Agentes federales y prisioneros partieron. Laura se quedó sentada en la sala y su hermana se sentó junto con ella.

—Me dolió entregar a tu marido a la policía —dijo—, pero él no me dejó alternativa. Estoy segura de que me hubieran matado si yo hubiera continuado en mi propósito de conservar la maleta. Yo creía que solamente contenía ropa de mi marido —añadió mintiendo—, y fueron ellos los que me dijeron que su contenido era de varios cientos de miles de dólares que Bob se quería robar. Llama a un abogado, como Camilo te pidió, y si lo meten al bote por muchos años, él se lo buscó.

—Yo sospechaba que Camilo andaba en malos pasos, pero nunca imaginé que estuviera involucrado con el narcotráfico. Y hay algo más que tú no sabes, querida…

—¿Qué podría ser? —preguntó Rosario.

—Tu marido y el mío celebraban orgías en el condominio de Bob y lo supe porque una de las chamas que participó en ellas me llamó para contármelo. Pero yo no le quise creer porque el bandido siempre se hacía el santito que no quebraba un plato.

—¡A tiempo te llamó esa chama! —dijo la hermana—. Si lo meten a la cárcel por más de dos años te podrás divorciar sin necesidad de obtener su consentimiento.

—¡Gracias por el consejo! Pero tengo que irme, querida —dijo Laura y se levantó para marcharse—. ¡Ah! Y ¿cómo es eso de que tenemos dos primos? ¿De dónde los sacaste?

—Por ahora, vete a tu casa. Luego te contaré la verdad —dijo Rosario acompañándola a la puerta.

La viuda se acercó a la ventana y se quedó contemplando el gélido paisaje invernal mientras ponderaba con seriedad acerca de la posibilidad de que un intento por escapar por parte de Camilo y Roland tuviera éxito. Ciertamente era muy arriesgado para los prisioneros, pero a la vez muy peligroso para ella misma pues los narcos una vez descubrieran lo que había en la maleta tratarían de vengarse y de encontrar el dinero escondido por ella a como diera lugar. Aunque ellos, probablemente, no tenían idea del total pues en ningún momento habían mencionado una cantidad, pero estaban seguros de que la suma era substancial.

Para salvar el pellejo, lo mejor sería abandonar la vivienda pues el dinero estaba seguro donde lo habían escondido. Decidió hacer eso inmediatamente: se refugiarían en un hotel por los próximos tres días a esperar noticias sobre su nuevo par de enemigos.

—Tomen sus abrigos y caminen. Tenemos que refugiarnos en un hotel. Creo que el más indicado es el Crowne Town Plaza en Holtsville —dijo—. Es un hotel modesto donde podremos pasar unos tres días o menos hasta que estemos seguros de que ese par de malandros están tras las rejas y sin posibilidades de salir libres bajo fianza.

Se metieron al vehículo de la señora y partieron inmediatamente. A medio camino, Rosario zanjó clarificar un misterio:

—Yo tenía la mala impresión de que tú, Ramiro, no hablabas inglés y mucho menos perfecto. Pero hace un rato me desengañaste.

—Señito —contestó el mejicano—, antes de que Arby y Martín regresaran me pasé todo el rato practicando con devoción lo que tú me habías dicho en inglés, lo que yo tenía que decir cuando tú me llamaras.

Todos celebraron la confesión de Cuéllar con carcajadas.

Los detectives de la DEA habían cometido dos errores verdaderamente garrafales. Primero, no habían registrado a los sospechosos para detectar armas escondidas antes de llevárselos. Y ese error se debió a que ya habían visto las dos pistolas que Rosario había señalado y que Baldomero decomisó. El segundo error, sentaron a los reos juntos en el asiento trasero; aunque, naturalmente, Baldomero mantenía una vigilancia continua sobre sus torsos y cabezas.

La zona de Hampton Bays se encuentra muy próxima al océano Atlántico y esa proximidad agrava aún más el frío y el viento invernal. En esa noche, la nevada había convertido las carreteras en verdaderas pistas de patinaje y aunque varias palas mecánicas levantaban continuamente un gran porcentaje de nieve, la que quedaba permanecía adherida al asfalto y se congelaba al instante. Por lo general, en esa época de invierno en la cual se desarrolla esta historia, los vehículos pesados llevan cadenas atadas a sus llantas, pero aún con ellas puestas, el peligro de una colisión con otro vehículo o con un muro es evidente.

El automóvil de Brandeis, un Sebring del 2008, por ser compacto y liviano no requería cadenas en sus llantas. El sargento era cuidadoso al manejar y a sus cuarenta y ocho años nunca había tenido un accidente de tráfico. Ese hecho lo enorgullecía, pero a la vez lo hacía confiar demasiado en su pericia como conductor.

Esa noche en que llevaba a sus dos prisioneros al precinto policial de Southampton, confiado en que, además de estar esposados, no tenían armas con qué intentar un escape, se dedicó a charlar con su asistente para mantenerse despierto después de un largo día de actividades. Camilo y Roland, mientras tanto, planeaban su fuga. Sin hacer ningún movimiento brusco, lenta y cuidadosamente lograron desenfundar las armas que colgaban de sus pantorrillas. Y luego esperaron pacientemente el momento oportuno para realizar la huida.

El tráfico vehicular era moderado en esa hora, pero Uribe y Wogsland sabían que, dadas las condiciones arriba mencionadas, los movimientos bruscos eran menos que aconsejables pues un frenazo repentino convertiría el vehículo en un trompo de más de mil seiscientos kilogramos girando sobre el hielo y destruyendo todo lo que se le acercara o tuviera contacto con él. Era pues menester tener paciencia y no amenazar a sus captores mientras el vehículo estuviera en marcha.

Si Brandeis realmente los conducía a la estación de policía de Southampton, por fuerza tendría que tomar la SSP hacia el oriente y salirse al final de la ruta en Shinecock Hills para tomar la Ruta 27, pensó Wogsland. Dicho y hecho, el sargento eventualmente tomó dicha ruta y al detenerse ante un semáforo en rojo, los dos prisioneros alzaron sus armas al unísono e inmediatamente colocaron la boca de sus cañones contra las nucas de sus sorprendidos captores.

—¡Lleve el vehículo hasta la orilla de la calle y salgan muy despacito con las manos en alto! —gruñó Roland.

—¡No traten de hacer nada estúpido o aquí se les acabarán sus días! —amenazó Camilo.

—¡Déjenme apagar el motor, por lo menos! —suplicó Brandeis.

El sargento sabía que al apagarlo tendría acceso a un dispositivo electrónico que, adyacente al botón de arranque, además de cerrar herméticamente las puertas traseras se conectaba a una señal de alarma en el cuartel de Centereach. Brandeis lo activó. Mientras los narcotraficantes trataban frenéticamente de abrir las puertas, los agentes sacaron sus armas y se formó una sangrienta confrontación. Los balazos se sucedieron y, finalmente, ambos oficiales quedaron muertos o por lo menos gravemente heridos dentro del vehículo.

—¡Saquemos a este par de desgraciados por la ventana! —dijo Camilo—. Los dejamos afuera y nos vamos en este mismo carro.

—¡Claro! ¡Vamos! —confirmó sin pensarlo Wogsland. Habiendo recibido un balazo en el hombro derecho, con el brazo izquierdo lanzó el cuerpo de Baldomero hacia afuera y lo dejó tirado sobre la grama cubierta de nieve. Camilo, aunque había sido impactado en la rodilla del muslo derecho, hizo lo mismo con el cuerpo del sargento.

Roland tomó el volante.

—¡Oye! ¿Dónde diablos está la llave de arranque? ¡Pon la luz interior! —ordenó a su cómplice.

Buscaron afanosamente la llave, pero al no encontrarla, Camilo dijo:

—Lo más seguro es que el sargento la tiene en uno de sus bolsillos.

Salieron por ambas ventanas a esculcar la ropa del sargento, pero tampoco estaba allí. De repente, Wogsland vio brillar la llave en la mano semiabierta de Brandeis y trató de arrancársela. El sargento no había expirado aún, y aunque limitado en sus fuerzas enroscó fuertemente su brazo alrededor del cuello del narcotraficante y comenzó a ahorcarlo hasta que expiró. Roland, debilitado por la pérdida de sangre tuvo que rendirse al abrazo fatal. Camilo, mientras tanto, tomó la llave que había caído al lado de los dos agonizantes y presto se subió al vehículo, lo arrancó y salió disparado, pero la calle era curvada y en la próxima intersección se estrelló contra el lado izquierdo de un pesadísimo camión cargado de sal que patinaba sobre el asfalto.

Mientras tanto, en la oficina central de la DEA en Centereach, la alarma había convulsionado a un número de agentes y empleados.

—Busca y determina la posición del vehículo del sargento Brandeis —dijo el jefe de turno a su asistente.

Momentos después, éste informó a su superior que el vehículo oficial del sargento se encontraba en el garaje de su casa.

—Debe estar en su carro particular y no sé si tiene GPS. ¿Qué hacemos? —preguntó preocupado.

—¡Búscalo ya en el sistema, hombre! —dijo el jefe en tono de regaño.

En ese mismo instante sonó su teléfono:

—La policía de Southampton reporta haber encontrado al sargento Brandeis en estado agonizante bajo el cadáver de un hombre no identificado y también que el coche del sargento se estrelló y quedó demolido y luego se incendió en un choque contra un camión cargado de sal.

—¡Qué rayos está pasando! —dijo el jefe y se reclinó bruscamente sobre el respaldar de su poltrona.

***

Eran las dos de la mañana, en el Hotel Crowne Plaza de Holtsville y Rosario no había podido conciliar el sueño. Arbélica dormía y roncaba apaciblemente en una cama contigua; mientras Martín y Ramiro pernoctaban en un cuarto al otro lado del pasillo. De repente, la viuda se levantó y cubrió el rostro de su sirvienta. Luego encendió el aparato de la televisión y puso el canal de Univisión. Pasaron algunos minutos en los que se ofrecieron programas de música y mensajes comerciales. De repente se anunció un *flash* noticioso.

"En una calle de Southampton, en Long Island, fueron encontrados cuatro cadáveres. Han sido identificados como Alan Brandeis y Javier Baldomero, ambos oficiales de la DEA. Los otros dos cadáveres han sido identificados como Camilo Uribe y Roland Wogsland. Ambos estaban esposados. Supuestamente, estos dos individuos habían sido arrestados anoche y en una intentona de fuga murieron en compañía de sus captores. Les mantendremos informados...".

Rosario saltó de la cama y fue a despertar a Arbélica.

—Levántate ya, chama, levántate —le dijo alborotada y alborozada.

—¡Ah! —gruñó la joven guanaca confundida pues seguía adormitada—, ¿qué ha pasado? —preguntó con las mejillas todavía pegadas a las sábanas.

—Levántate y vístete porque nos vamos a casa en este mismo instante. Voy a llamar a Ramiro y a Martín para que se preparen también —añadió mientras levantaba el teléfono.

Contestó Martín.

—¿Qué pasa, señora? —preguntó mientras bostezaba ya que también se encontraba bajo los efectos del sueño abruptamente interrumpido—. Ahora lo despierto —prometió viendo a Ramiro darse vuelta sobre la cama.

Durante el viaje de regreso, Rosario les relató la noticia que había escuchado en la televisión.

—Me duele decirlo — dijo pensativa—, pero nunca me había alegrado tanto la muerte de una persona. Aunque en mi caso, si uno de los malandros hubiera sobrevivido, mi vida se hubiera vuelto un infierno. ¡Lástima que Alan y Javier tuvieron que caer en el ejercicio del deber! En fin, ¡ojalá Dios haya acogido a los cuatro! —añadió.

Al llegar a casa, Arbélica dijo que ella no quería dormir en su alcoba ya que le daba mucho miedo que don John se le apareciera. Y que prefería quedarse a dormir en un sofá de la sala.

—Yo también le tengo pavor a los muertos — confesó Rosario con segunda intención—. De manera, pues, que lo mejor será que Martín durmiera contigo y Ramiro conmigo. ¿Qué dicen los chamos? —preguntó seriamente.

—¡Por mí, encantado! —replicó Ramiro al instante recordando que tenía una deliciosa tarea pendiente con la doña.

—¡Lo mismo digo yo! —afirmó Martín—. Pero no sé si la señorita Arby esté dispuesta a aceptar mi compañía por esta noche.

—Si la acepto —respondió la joven—, pero es ¡a dormir que vamos y no a ninguna otra *cosa*! — explicó seriamente.

—Lo que pase detrás de esa puerta es problema de ustedes solamente —dijo Rosario y luego tomando la mano de Ramiro, añadió—: ¡Que pasen todos una feliz madrugada!

A la mañana siguiente, y mientras desayunaban, Martín y Arbélica anunciaron que habían decidido ser novios y casarse lo más pronto posible.

—¡Eso sí está chévere! —aplaudió Rosario, añadiendo—: Ramiro y yo pensamos hacer lo mismo dentro de seis meses. ¿Qué les parece si nos casamos en una boda doble?

—¡¡¡CHEVERÍSIMO!!! ¡¡¡ORGÁSMICO!!! ¡¡¡BRUTAL!!! —gritaron en venezolano.

Seis meses después, tanto Rosario y Ramiro como Arbélica y Martín contrajeron matrimonio y procedieron a solicitar la residencia de los peregrinos basándose en el hecho de estar casados con ciudadanas estadounidenses, o de los *Yueséi*, como se diría en el argot de ellos.